光文社文庫

長編推理小説

祭ジャック・京都祇園祭

西村京太郎

光　文　社

目次

第一章　くじ改め　5
第二章　対決　54
第三章　ラジコン　102
第四章　キッドナップ　151
第五章　古都の入口　200
第六章　怨念の都　248
第七章　生死の境から　297

第一章　くじ改め

1

六月三十日、十津川《とつがわ》は一通の手紙を受け取った。
差出人の名前はない。
〈七月一日から、京都祇園祭《ぎおんまつり》が始まる。
そのクライマックスの時、われわれは計画を実行する。
お前に、それが防げるか？〉
書かれていた文字は、それだけだった。

それを十津川は、本多《ほんだ》捜査一課長に見せた。

「何か思い当ることがあるのか？」

と、本多がきいた。

「私は刑事ですから、恨みを買うことも多くなりますが」

と、十津川は、いった。

「しかし、君は警視庁の刑事だ。東京で起きた事件について、恨みを買うのはわかるが、これは京都だ。しかも祇園祭に関してだと書いている。祇園祭について何か思い当るかね？」

「一つだけあります」

と、十津川は、いった。

「どんなことだ？」

「郡上八幡《ぐじようはちまん》と、越中《えつちゆう》の八尾《やつお》で祭りの時、私は亀井刑事たちと犯人を追い廻しています」

「しかし、それは犯人を追って、止《や》むを得ずだ。別に祭りの邪魔をしようと思ったわけじゃないだろう」

と、本多は、いう。

「そうなんですが、他所者《よそ》が勝手に押しかけて来て、折角の祭りをこわしたと思い、心良く思っていない人間がいるかも知れません」

「そんな連中が、君に挑戦して来たと思うのかね？」

と、本多が、いった。

「ではないかと思っているのですが」

「しかし、この手紙の主は京都の人間じゃないな」

「違うと思います。いくら私に腹を立てたといっても、京都の人間が、大事な祇園祭を台無しにする筈がありません」

「それで、君はどうしたいんだ？」

と、本多がきいた。

「それで、迷っているのです。単なる悪戯《いたずら》ということも考えられますので、京都府警に電話して心配をかけるのも、はばかられます。といって黙殺も出来ません」

十津川は当惑した顔で、いった。

「祇園祭のクライマックスの時というのは、どういう意味だと思うね？」

本多がきく。

「祇園祭は七月一日に始まり、三十一日まで続きます。連日のように、さまざまな行事がありますが、クライマックスといえば、七月十七日の山鉾《やまほこ》巡行の日だと思います。七月十七日が、祇園祭だと思っている人もいるくらいですから」

「わかった。七月十七日に君と亀井刑事で、京都へ行って来たまえ。しかし、刑事としてではなく、あくまでも、観光客の一人としてだ」

と、本多は、いった。

「出来れば前日の十六日に出かけて、一泊したいのですが」

「いいだろう」

「ただ、旅館が満室ではないかと思うんですが――」

十津川が、いうと、本多がニッコリして、

「それは何とかしよう」

「何とか出来ますか？」

「私の親戚に、京都で料亭をやっている者がいてね。連絡して、部屋を取ってやるよ」

「大丈夫ですか？」

「京都は、千年の都だよ」

「ええ」

「それだけ、コネが利く世界なんだ」

と、本多は勝手なことをいった。が、本当にコネが利いたのか四条東洞院《ひがしのとういん》通り近くの小さな旅館に、部屋を取ることが出来た。

四条通りは七月十七日の山鉾巡行が、最初に通るルートだから、見るには恰好《かっこう》の場所である。

十六日の午後、十津川は、亀井と、ひかり125号で京都に向った。

昼十二時の京都の気温は、三十五度だと天気予報では伝えていた。

京都の人たちは祇園祭の中で、七月十七日の山鉾巡行から夏が始まるというが、もう夏は、とっくに京都にやって来ているようだ。

「明日も、暑いでしょうな」

東北生れの亀井は、夏は苦手である。

ひかりが、名古屋を出たところで車内放送があった。

〈東京都世田谷にお住いの十津川省三《しょうぞう》様、お電話がかかっておりますので、12号車までおいで下さい〉

この放送が二度、繰り返された。

「一課長からでしょうか？」

と、亀井が、きく。

「いや、課長には私の携帯の番号を知らせてある」

と、いって、十津川は立ち上った。

12号車へ行き、受話器を取る。

「もしもし、十津川ですが」

と、呼びかけると、

「やっぱり来たね」

男の声が、いった。

「おかしな手紙をくれた人か」

「おかしなはないだろう。ボクとしては、フェアでありたいと思って、君にあの手紙を送ったんだからね」

男の声は、落ち着いていた。

「何をやる気なんだ？」

と、十津川は、きいた。

「そこまでのサービスは出来ないな」

男が電話の向うで、小さな笑い声をたてて、急に電話は切れてしまった。

十津川は、今の電話は誰からかと、車掌にきいてみた。

京都の田中といっていたという。

もちろん、田中というのは偽名だろう。

ただ、京都というのは間違いないだろう。ひかりにかける時は、自分の名前と電話番号を告げて、待つことになるからだ。

十津川は、席に戻ると、

「やはり、手紙の主からだった。田中という名前で、京都からかけたらしいが、多分、偽名だ」

「京都からですか？」

「だから、仲間が東京にいて、私たちがひかり号に乗るのを見て、京都に連絡したんだと思うね」

「何をやる気なんですかね？」

亀井が、きく。

「わからないね。ただ、私をからかって喜んでいるのかも知れないし、祇園祭を、邪魔しようとしているのかも知れない」

正直、十津川にも見当がついていないのだ。

ただ自分の動きが、見張られているという感じはしていた。

午後四時少し前に、京都駅に着く。

手紙の主は、告げた電話番号によると、この駅構内にあるカフェテリアから、ひかり125号に電話して来たらしい。

二人はタクシーを拾い、本多一課長の紹介してくれた旅館に向った。

京の町は、さすがいつもと違っていた。

一番の違いは、町のところどころに、絢爛《けんらん》豪華な山鉾が、盛装して飾られていることだった。

明日は、その山鉾が四条烏丸《からすま》に集って巡行する。

今日は、宵山で、ゆかた姿の人々が街にあふれることになる。

目的の旅館は、大丸デパートの裏手にあった。正確には東洞院通六角《ろっかく》上ルである。

六十歳の女将《おかみ》が、二人を迎えてくれた。

「狭い部屋ですけど、がまんしておくれやす」

と、昔は舞妓をやっていたという女将がいった。

二階の六畳の部屋に二人で入った。

何処《どこ》からか、お囃子《はやし》の音が聞こえてくる。表を通る下駄の音も聞こえ、街全体が浮き立っている感じだった。

夕食をすませてから、二人は街に出た。

十七日の山鉾巡行の時は、四、五十万人の見物客であふれるが、今日、十六日の宵山にはそれを上廻る、六、七十万人の人であふれ返る。

まだ、完全に暗くなってはいないのだが、それでも通りは、人、人、人の波だった。

駒形提灯《ちょうちん》には灯がともり、さまざまな売店が出ている。

十津川は京都の人々が、普段は着物を着ないのが、不思議で仕方がない。

京都は、着だおれといわれるが、実際に着物を着ているのは、プロの人たちだけである。

一般の人々、サラリーマンやOLは、夏でも、ゆかたを着ていないし、下駄もはいていない。

だが、宵山《よいやま》の夜は別だった。

人々は、いい合せたかのように、ゆかた姿である。

形《なり》は涼やかだが、何しろ盆地の京都は風が吹かないから、人々の熱気で、むんむんとしている。

人々の話し声、かっかという下駄の音、祭りのお囃子の音。眼を閉じると、そんな音とうだるような暑さで、十津川は、ふと目まいを覚えた。

四条通りから路地に入ると、可愛らしい少女の唄声が聞こえた。
正確にいえば、唄声のような売り声である。わらべ唄といってもいいのだろう。

安産のお守りはこれより出ます
御信心の御方様は
受けてお帰りなされましょう

ゆかた姿の七、八歳の少女が、並んで唄っているのだ。ここは占出山《うらでやま》の置かれた場所だった。
占出山は神功皇后《じんぐう》を祭った山だが、同時に安産の神さまでもあるので、少女たちは安産のお守りや、ろうそくや、絵馬を並べて売っているのだ。

ろうそく一丁献じられましょう
厄よけの飴どうですか
絵馬どうですか

少女たちの甲高《かんだか》い声が、ひびく。

これも、祇園祭の情緒の一つなのだろう。

他にも、町々でさまざまなものを売っていて、それを見て歩くのも、宵山の楽しみだった。

友禅小物の店
ぎんなん細工の店
祇園祭限定のあぶらとり紙の店
うちわや扇子を売っている店

この他、町々で棒振りばやしの練習をしたりして、それを輪になって見物している人々がいるのだ。

歩き疲れた人々が休めるように、床几《しょうぎ》が置かれている場所もあった。

二人は途中でうちわを買い求め、それで風を送りながら歩いた。

旅館に戻ったのは、十時に近かった。

女将が、冷たい麦茶を部屋まで持って来てくれた。

「どうでした？　宵山は」

と、きく。

「疲れましたが、京都の町全体で祝っている感じでしたよ」

と、十津川は、いった。

「そうでっしゃろ。何しろ復興五百年のお祭りですから」

と、女将は、いった。

応仁の乱で途絶えてから、復興して五百年ということらしい。そこには長い歴史がある。

2

翌十七日。

十津川は、早朝に眼をさました。相変らず快晴で、今日も一日、暑そうである。

朝食の間、十津川と亀井は、京都市内地図を見ていた。

それに、山鉾巡行のルートが書き込まれている。

碁盤の目といわれる京都の街の四条烏丸から出発して、新町御池《おいけ》までのルートである。

出発は四条烏丸で午前九時の予定になっている。

京都で一番の繁華街といわれる四条通りを進み、河原町通りで北に曲る。

この時の予定時刻が、午前九時四十分。

そして、河原町通りを直進し、御池通りで左折し、新町御池で終る。

この予定時刻が、午後三時三十分。

しかし、この時刻表通りに進行することは、まれらしい。

この巡行の途中に踊りがあったりするのだが、主な行事は三つである。

○くじ改め
○注連縄《しめなわ》切り
○辻廻し

この三つは、四条通りで行われるので、テレビの放送も主に、四条通りが舞台になる。

この中《うち》、くじ改めは出発の次の大事な行事だった。

現在、巡行に参加する山鉾は、合計三十二ある。

その中、山が二十三、鉾が九ある。他に、火災で焼けてしまい休んでいるもの（休み山）が、二つになる。

山と鉾の違いは、まず、形でわかる。

山はもともと、二十人前後の男たちが、担いで廻ったものだったという。

今は時々、担いで見せるが、その他の場合は、下につけた小さな車輪で引っ張るようになっている。

大きさも鉾に比べて小さく、四角い箱の周囲に、豪華などんちょうなどを下げ、それを見せて、観客にアッピールする。

屋根の部分には、「山」の由来である横座の山をつけ、その山の上には、これも横座の松の木が立っている。

その他、山の傍には、神功皇后や、聖徳太子などの人形が置かれている。

鉾の方は、山に比べてはるかに大きく、二メートル近い大きな四つの車輪がつき、二十五メートルもの鉾が、そびえ立つ。

それを百人近い男たちが、綱で引っ張るのだ。

二階の部分には、沢山のお囃子が乗り込んでいて、巡行につれて、緩急のおはやしを聞かせてくれる。

重さも、山が二トンから四トンなのに比べて、十二トン前後と重い。

といっても、綾傘鉾《あやがさほこ》のような例外もある。

この鉾は、一見すると、山かと思うほど背が低く、小さい。

ただ、「山」の印の山も、松の木も、人形ものっていない。お囃子も乗ることが出来ないので、一緒に歩くことになる。

この綾傘鉾は非常に古い形態だというから、昔は、山も鉾も、あまり違っていなかったのかも知れない。

この三十二の山鉾が巡行するのだが、昔はその順番をめぐって争いがあり、それを防ぐために、今は、くじ引きで順番が決められている。

そのくじ引きは、七月二日、市役所の議事堂を借りて行われる。

各山鉾の町会長が、黒紋付姿で座り、くじを引くのである。

くじで順番が決ると、八坂《やさか》神社の朱印が押された証書が渡され、町会長はそれを押し頂いて町会に戻り、文箱におさめて、十七日の巡行まで、大事に保管されることになる。

十七日当日、このくじの順番通りになっているかどうかを調べるのが、くじ改めである。

もちろん、それは一つの儀式として行われるので、これは祇園祭の観光スポットの一つである。

「今日一日、われわれは、何処《どこ》で見物していたらいいんですかね？」

亀井が、地図を前にして、困惑した表情を浮べた。

何処も、見物客で一杯だろう。それを押し分けて、二人で見て廻るわけにもいかないし、第一、電話の主が、何処で何をしようとしているのかも不明なのだ。

十津川は、新聞のテレビ欄を見てみた。

京都のテレビが四時間にわたって、巡行の出発から放映することになっていた。

「テレビを見ていた方が、全体がよくわかるな」

と、十津川は、いった。

テレビを見ていて、何か起きたら、バイクで駈けつければいいだろう。

そこで二人は、旅館にいって、バイクを一台用意して貰った。

昼食に、おにぎりを二人前用意して貰い、二人は部屋に戻って、テレビを見ることにした。

3

京都市長の小池茂《こいけしげる》は、朝から緊張していた。

今日は、市長に当選して、初めての祇園祭である。

今日の仕事は、烏帽子《えぼし》に直垂《ひたたれ》という盛装で奉行に扮し、くじ改めをする役だった。

役そのものは、単純だった。

七月二日にくじ引きで、順番は決っている。奉行はその順番通りに、山鉾が動いているかどうか、確認すればいいのである。

そして大声で、証書の文字を読みあげればいいのだ。

体力にも自信があるし、大声を出すことにも選挙でなれている。ただ、何といっても、生れて初めての奉行役である。緊張は仕方がなかった。

山鉾巡行の先頭は、いつも長刀鉾《なぎなたほこ》と決っている。この長刀鉾は、くじ改めなしで、通過する。

二十五メートルの高さに光るホンモノの長刀で、京都にはびこる疫病を切り払うといわれていた。

その刃が、南に向けられているのは、八坂神社や、御所の方向に向いては非礼ということからである。

今年は郭巨山《かつきよやま》が、一番くじを引いていた。

小池は全ての順番を暗記していた。

二番、三番も「山」で、四番目に月鉾が来ている。

この場合、「四番月鉾」ではなく、「鉾一番」と呼ぶ。

午前八時過ぎには、すでに、出発地点の四条烏丸は、長刀鉾を先頭に並んでいた。

長刀鉾には、選ばれた稚児《ちご》と、二人の禿《かむろ》が乗り込む。

今年の稚児は、私立小学校の五年生の少年が選ばれた。

二人の禿は、彼の友だちだった。

稚児は八坂神社から、五位の位を貰う。十万石の大名と同じ格式である。

こうなると、自宅でも、女性は、母親でさえも稚児に近づけない。食事も別室で、母親が作ったものを、父親や兄弟が運ぶことになる。

午前八時半。

盛装した稚児が、長刀鉾に乗り込む。

何といっても、五位、十万石の格式の稚児だから、足を地面につけてはいけないということで、強力《ごうりき》さんと呼ばれる大人に肩車されて、乗り込む。

プロ、アマのカメラマンたちが、それを一斉に、カメラにとらえようとして、シャッターを切る。

午前九時。

掛声と共に、百人の男たちに引っ張られて、重さ十二トンの長刀鉾が車輪をきしませて、ゆっくりと動き出した。

それに、一番くじを引いた郭巨山が続く。

郭巨山の名前は、中国の二十四孝から来ている。貧しいため母と子を養えない郭巨が、子供たちを土に埋めようとしたところ、黄金の釜を掘り当てたという話で、釜掘り山ともいわれている。

四方の綴錦《つづれにしき》は、上村松篁《しょうこう》の下絵を使っていた。

長刀鉾が奉行の前を通過し、一番くじの郭巨山が近づいて来る。

先導するのは、中学一年生の少年である。

かみしも姿で、白足袋、帯に扇子を差した少年は、緊張しきった顔で歩いて来る。

手に、黒塗りの文箱《ふばこ》を持っていた。その中には、たたんだ一番くじの証書が入っている。

小池は立ち上って、迎える。

朱塗りの傘が差しかけられているのだが、それでも暑い。

くじ改めのチャンスをカメラにおさめようと、カメラマンや、テレビカメラが一斉に狙う。

先導役の少年は、立ち止まると作法に従って片手で文箱のふたを取り、頭を下げ、さっと文箱を、奉行の小池に向って差し出す。

拍手が起きた。

少年の姿が可愛らしく、りりしく見えるからだ。
小池は文箱の中の証書を取り上げて、ゆっくりと広げた。そこには、次の文字が並んでいる筈だった。

郭巨山

山　第壹番

八坂神社

八坂神社の角印は、朱印である。
しかし、そこには、別の文字が並んでいた。

山鉾のどれかに、爆弾を仕掛けた。
巡行が終るまでに、一億円支払え。

警察には、いうな！
祭を駄目にしたくなければ平静に行動しろ！

一瞬、小池の顔が真っ白になった。が、次の瞬間この山鉾巡行を止めてはならないと感じた。

小池は、声を張りあげた。

「郭巨山、山、第一番！」

声が少しふるえた。

そのあと、奉行は証書を折りたたみ、後ろに控えている補佐役の八坂神社の職員に渡すのだが、小池は、それをふところに入れてしまった。

先導役の少年は、扇を広げ、控えている郭巨山を呼び寄せる。

郭巨山は動き出し、奉行の前で、担ぎ手が、山を一回転させ、四方の綴錦の絵を披露する。

つづいて、二番くじを引いた蟷螂山《とうろうやま》が近づいて来る。

これも、中国梁《りょう》の時代の詩文集「文選」の「蟷螂の斧を以て隆車のわだちをふせがんと欲す」の言葉に着想し、御所車の上にカマキリをのせたもので、別名カマキリ山と呼ばれていた。
カラクリ仕掛けで、カマキリの鎌と羽根、首が動くので、人気がある山だった。
この山の先導役は、二十代の青年だった。
同じように、奉行の前へ来て、文箱のふたを取り、さっと差し出す。
小池は、たたまれた証書を手に取って、広げた。
今度は、間違いなく、八坂神社の朱印が押されていた。
ほっとしながら、小池は大声で、
「蟷螂山、山、第二番！」
と、叫んだ。今度は声はふるえなかった。
たたんで補佐役に渡し、傍の寺本《てらもと》秘書を見やった。
寺本は、首をかしげていた。
最初の証書を、小池が自分のふところに入れてしまったからである。
それでも、寺本は、
(市長は、きっと緊張しているのだ)
と、思っていた。
一方、小池は、別のことを考えていた。

いたずらかも知れないし、ホンモノかも知れない。

ホンモノなら、どうしたらいいのか。

(どうしたらいいのか?)

小池自身は、奉行として、ここにいなければならない。まだ、二番の蟷螂山までしか通っていないので、あと三十近くの山鉾のくじ改めをしなければならないのである。

次の保昌山《ほうしょうやま》が来るまでは、間があった。

何しろ、巡行はのんびりと動くのだ。

小池は床几に腰を下し、救いを求めるように背後《うしろ》を振り返った。

総合警備本部は、四条烏丸に置かれている。そこに電話をかければ、皆んなに聞かれて、パニックになりかねない。

「え?」

という眼で応じたのは、長刀鉾町の町役の東田《ひがしだ》だった。

同じ中学、高校の出身で、気心は知れている。

小池は手招きして、東田にそっとニセの証書を手渡した。

「町役同士で、相談してくれ」

と、小声でいった。

もともと、祇園祭は京都の町家の心意気で始まったものである。

東田は席に戻ると、両側の役員に、

「急用が出来たので」

と、断って、その場を離れた。

一人になると、たたんである紙を広げた。

東田の顔が青ざめた。

爆弾、警察、一億円という文字が、眼の前で躍った。

(町役同士で相談してくれ)

と、いった市長の言葉が耳によみがえった。

東田は、携帯電話を取り出し、まず、月鉾町の町会長の中村《なかむら》にかけた。中村とは、子供の時からの知り合いである。

「至急相談したいことがあるので、うちの会所の二階へ来てくれ」

と、東田は、いった。

「何かあったのか?」

「問題が出来た」

とだけ、東田は、いった。

東田はこのあと顔見知りの町会長たちに電話をかけまくった。

三十二の山鉾の置かれた町の役員である。七月二日に、市役所に集った役員たちだった。何人かはつかまらなかったが、それでも十四人には、電話が繋《つな》がった。

その町役たちが、四条烏丸の長刀鉾町会所の二階に集った。

玄関では、つけっ放しのテレビが、山鉾巡行の模様を放送し続けていた。

三番目の保昌山のくじ改めは、もう終っていて、四番目の月鉾のくじ改めに入っていた。奉行の小池市長が、声を張りあげている。

「月鉾、鉾、第一番!」

4

東田は、ニセの証書を集った町役たちに見せた。

「何者かが、郭巨山の文箱の中身をすり替えたらしい。これが、すり替えられた証書だ」

「単なる悪戯じゃないのか?」

と、一人が、いった。

「かも知れないが、ホンモノだった時は、大変なことになる。もし、ホンモノなら、三十二の山鉾のどれかに爆弾が仕掛けられていることになるからね。もし、それが爆発したら、京都の街が大混乱に陥る。それだけは間違いないんだ」

と、東田は、いった。

「それは、一億円を用意しろということかね？」

と、中村が、きいた。

「市長は、町衆で何とかして欲しいといっていた」

「市は、何も出来ないということか？　それは無責任じゃないか」

腹立たしげにいう町役がいた。

「私は、こう考えるんだよ」

と、東田は、いった。

「もともと、祇園祭自体が、京都の町衆の心意気というか力を示すために始めたものだという。それなら、こんな時ほど役人の力なんか借りずに、自分たちで解決しようじゃないか」

「どうするんだ？」

「もう山鉾巡行が始まっている。今、一番大事なことは何かと考えたいんだ」

と、東田は、いった。

「そりゃあ、もちろん、無事に山鉾巡行を終らせることだろう。アクシデントで中止になったら、それは、私たち全員の恥になるからね」

「それなら、やることは決っているじゃないか。警察にはいわず、自分たちで解決することだ。警察に頼めば、巡行を中止しろというに決っている。それなら、犠牲者は一人も出ない。しかし、一億円は支払わなくてすんだとしても、今年の山鉾巡行が中止になったという事実は、永久に残ってしまうんだ」

「じゃあ、一億円を犯人に黙って払えというのかね?」

「爆弾が、仕掛けられているのが事実なら、払うべきだと思っている」

「しかし、一億円を誰が作るんだ?」

「私たちで作る」

と、東田は、いった。

「どうやって?」

「山鉾が、現在三十二ある。休み山を入れれば、三十四だ。だから、三十四の町内会で分担して、一億円を作るより仕方がないんだよ」

「一町内が、三百万弱か」

「そうなるが、どうしても苦しいという町内会があれば、余裕のあるところが助けて欲しいと思うね」

「一億円作って、それを、この犯人にただ渡してしまうのかね？」

不満気にいう町役がいた。

「これはあくまでも、山鉾巡行を無事に終らせるためだ。それがすんだら、警察と協力して何としてでも、犯人を逮捕する。黙って犯人のいいなりになるわけじゃない」

と、東田は、声を大きくしていった。

「それで犯人は、次にどうやって連絡してくると思うのかね？」

と、一人がきいた。

「わからないが、さまざまな方法で、連絡してくると思うね。私たちは今いったように山鉾巡行のため、祇園祭のために、犯人のいう通りにするが、全員で眼を大きく見開き、耳をそばだてて、犯人の正体を見きわめることもやりたいと思っている。いいなりになる気はないんだ」

東田は、きっぱりといった。

「わかった。とにかく、各自、町内に戻ってお金を作ろうじゃないか。ここにいない芦刈《あしかり》町などの町役には、近くの役員が、この話を伝えることにしよう」

と、長老格の町役が、他の役員を励ますようにいった。

それを受ける形で東田は、

「犯人は山鉾巡行が終るまでに、一億円を渡せといっているから、各自のお金が出来次第、ここにもう一度、集って貰いたいのだ。京都の町衆の力を示して欲しい」

と、いった。

集った十五人の町役たちは、それぞれに決意を持って散って行った。

テレビでは、先頭を行く長刀鉾の辻廻しが始まっていた。

5

四条河原町の十字路には何本もの青竹が敷かれ、その上に水が撒《ま》かれていた。

いよいよ山鉾巡行のクライマックスといわれる辻廻しが、始まろうとしているのだ。

水にぬらした青竹の上で、長刀鉾の直径二メートルの大きな車輪四つを、滑らせるようにして、九十度、方向転換させようとしているのである。

太い綱を外側の車輪の車軸に引っかけ、百人の引手が、角度をつけて一斉に引っ張る。

鉾はきしみながら、少し方向を変える。また青竹の位置を変え、水を撒き直し、綱の引っ張る角度を変えて、やり直す。

時間がかかる原始的な方法だが、それがまた祇園祭の良さなのだろう。

長刀鉾の辻廻しは、九時四十分の予定なのだが、すでに十時を回っていた。

長刀鉾の辻廻しに時間がかかっているので、それに続く山鉾も全て、四条通りで止まってしまっている。

だが、誰もあわてないのが京都なのだ。

山鉾が止まっているのをいいことに、通りのいたるところで、自転車が横断し、ぞろぞろと人が歩いて行く。

十津川と亀井は、続けてテレビを見ていたが、十津川は女将に、

「これはビデオに録《と》っているんですか？」

と、きいた。

「ええ。毎年、録画してますけど」

「他のテレビでも、録画してますか？」

「私の部屋のビデオでも録ってますけど、それが、何か？」

女将が、変な顔をした。

「それなら、この部屋のビデオで、くじ改めのところを再生してみたいんですが、構いませんか」

と、十津川は、いった。

「それは、構いませんけど——」

女将は、そういって、一階におりてしまった。

十津川はビデオを巻き戻して、再生ボタンを押した。

「何か、気になったことが、あるんですか?」

亀井が、きいた。

「ちょっとね」

とだけ、十津川は、いった。

早送りにして、十津川は郭巨山のくじ改めのところで、スピードをおそくした。

先導の少年が、奉行の前で立ち止まり、作法通りに文箱を開け、小池市長に向って差し出す。

小池が文箱から、たたまれた証書を手に取って広げる。

そこで十津川は、停止ボタンを押した。

「ここだよ」

と、十津川が、いった。

「この小池市長の顔を見てみたまえ」

「緊張していますね。市長になって初めての祇園祭だから、仕方がないんじゃありませんか」

亀井が、いった。

「いや、これは緊張している顔じゃない。驚いている顔だよ」

と、十津川は、いった。

「しかし警部、驚く理由はありませんよ。くじ順は七月二日に決っていて、それを確認するだけのことですから」

「だから余計、不思議なんだよ」

十津川は、いい、ボタンを押し直した。

停止していた画面が動く。

小池が証書を広げたまま、声を張りあげる。

「郭巨山、山、第一番！」

そのあとは、先導役の少年が、扇を広げて、郭巨山を呼び、行列が動き出す。

「ほら、何も起きていませんよ」

と、亀井が、いった。

「そうなんだ。ちゃんと、山鉾巡行は動いている。だから気のせいかとも思うんだが」

十津川は、そういいながら、またビデオを巻き戻し、くじ改めの部分を再生している。停止ボタンを押して、

「いいか、これは証書を広げて、小池市長が、郭巨山、山、第一番！　と、大声で、いっている場面なんだ」

「ええ」

「だが、市長の眼は、書面を見ていない」

と、十津川は、テレビ画面を指さした。

「それは、書面の文字を諳《そら》んじているんで、見ないで、大声でいってるんじゃありませんか」

「しかし、小池市長にとって初めての祇園祭で、初めての奉行役なんだよ。間違えてはいけないと、第一に考えるだろう。そうだとすれば、文面を諳んじていても、しっかりと書面を見て、いうんじゃないかね」

と、十津川は、いった。

「じゃあ、他の山鉾のくじ改めを見てみようじゃありませんか」

と、亀井が、いった。

十津川は、次の蟷螂山のくじ改めの場面に、ビデオを回した。

郭巨山の時と、同じように進行する。

先導役の若い男が、かみしも姿で、文箱を奉行に向って差し出す。

奉行の小池が文箱の中から、たたまれた証書を取り上げ、広げて大声で読みあげる。

「蟷螂山、山、第二番！」

そこで十津川は、停止ボタンを押した。

「ほら、明らかに違うじゃないか」

十津川は、確信を持って、いった。

「市長はしっかりと書面を見て、いっている」

「確かに、そんな気もしますが――」

「勧進帳じゃないのかな」

と、十津川は、いった。

「勧進帳って、何ですか？」

「歌舞伎の演目さ。弁慶《べんけい》が主君義経《よしつね》の疑いを晴らそうとして、白紙の書面を見ながら、勧進帳を唱えるという奴だよ」

「それは知っていますが、郭巨山の時が、それだというんですか？」

「そうだ」

「広げた書面に、何も書いてなかったということですか？」

「それとも、別の文字が書かれてあったか」

と、十津川は、いった。

そのあと、自分で、

「いや、白紙じゃないな。白紙なら勧進帳と同じで、白紙に眼をやって喋《しやべ》れば、表情だって、見られずにすむ。だが、市長は眼をそらしていた。ということは、そこに何か別の文字が書かれていたということになる」

「そうですね、眼を向けると、そこに書かれた文字を読んでしまいそうな気がしたんだと思いますね」

と、亀井も、いった。

「それは、どんな言葉だと思うね？」

十津川が、きく。

「画面を見ると、市長の背後には、町の役員たちが並んでいますね。その連中に聞かれたら、困ることだと思いますが」

「パニックになるようなことかな？」

「かも知れません」

「すり替えたかな?」

と、十津川は、いった。

「あの文箱の中には本来、山鉾巡行の順番を書いた証書が、入っているわけでしょう」

「そうだ。郭巨山の時だから、第一番の証書だ。それを誰かがすり替えたんだと思う。それに市長の悪口が書いてあったとは思えないね。それなら、市長は苦笑している筈だからね」

「警部は、例の手紙の主のことを考えておられるんじゃありませんか?」

と、亀井は、いった。

「ああ、考えている」

と、十津川は、肯《うなず》いた。

問題は、その男が、何を考えているかだった。

「相手は少くとも二人いる。そして、手紙にあった通りなら、今日の山鉾巡行で、何かやろうとしているということだよ」

「ただ、大さわぎを起こそうというだけでしょうか?」

「それなら、四条河原町の辻廻しの場所に、爆弾を投げるだけでパニックになる。いや、発煙筒でも大さわぎになり、巡行は一時中断だ。新聞にも大きくのる」

と、十津川は、いった。十津川はテレビを現在の画面に戻した。

「今のところ、何も起きていませんね。順調に、進行しているみたいですよ。テレビには、そう映っています」

亀井が、いった。

「だが、何かが、進行しているんじゃないか」

と、十津川は、いった。

「何がですか？」

「それがわかれば、すぐ府警本部に連絡するよ。ただの疑惑だけでは、動きが取れない。祇園祭の邪魔をするだけになってしまうからね」

テレビにはまた、小池市長が映っている。

シチュエーションは、同じだった。証書を広げ、

「八幡山《はちまんやま》、山、第十六番！」

と、大声で、宣言している。

朱塗りの鳥居と、八幡宮の模型が屋根でゆらいで進んでくる。

続いて可愛らしい稚児が、金色の鳥帽子をかぶって現われると、一斉に拍手が起きた。

全部で六人。年齢は、五、六歳だろう。

一人一人、かみしも姿の大人に付き添われ、朱塗りの傘を差しかけられてよちよちと歩いて来る。

この暑さの中、最後まで歩いて行けるのかと、不安になってくるのだが、稚児たちは、無邪気に空を見上げたり、下を向いたりと落ち着かない。退屈しているのだろう。

これは、綾傘鉾の一行だった。

綾傘鉾には、鬼に扮した数人の踊り手も同行していて、くじ改めのあと、太鼓に合せ、路上で踊り始めた。

このパフォーマンスに、また見物客から、拍手が起き、カメラのシャッターが切られている。

平和な光景で、何処にも怪しい点は、テレビを見る限り、窺《うかが》えなかった。

あと五時間あまりで、山鉾巡行は新町御池に着き、そこで解散になる。

そのあとは勝手に、それぞれの町内会に帰って行くという。

十津川は急に立ち上った。

「町を見て来ようじゃないか」

と、亀井に、いった。

6

長刀鉾町会所の二階には、東田を含めて三十二人の町役が集った。全て山鉾のある町内の会長たちである。

彼等が持ち込んだ札束が、テーブルの上に積まれた。

全員で、それを数え直し、百万円ずつ束にしていく。

どの表情も硬い。

百万円の束が増えていき、やがてその数が百になり、一億円になった。

午前十時二十八分。

山鉾巡行が開始されてから、一時間二十分たったことになる。

「犯人から、連絡があったのかね？」

と、一人がきく。

「私のところには、何の連絡もない」

東田が、答える。

「悪戯だったんじゃないのかね？　今となっても、連絡がないというのは」

と、他の一人が、いった。

「そりゃあ、私も、悪戯であってくれたらいいと思っているよ。だが、まだ巡行は半分も行っていないんだ。終るまで、危険はつきまとっていると見なきゃいけない」

東田は、自分にいい聞かせるように、いった。

「待つより仕方がないんだよ」

とも、東田は、いった。

広間は、重苦しい空気に包まれている。その重苦しさから逃れるように、廊下に出て行く者もいれば、テレビを見る者もいる。ただ眼を閉じて、考え込んでいる者もいる。

人の足音がして、小池市長の寺本秘書が、あわただしく入って来た。

「東田さん」

と、呼んで、一台の携帯電話を差し出した。

「何です？」

と、東田がきくと、

「とにかく、急いでこれをあなたに渡して来いといわれました。他に何も聞いていません」

とだけいい、寺本秘書は帰って行った。

東田が、その携帯をテーブルの上に置いた瞬間、突然鳴った。

東田が、一瞬のためらいの後、手に取って、受信のボタンを押した。

「もしもし」

少し、声がふるえた。

「市長の代りか？」

と、男の声が、きいた。

「代り？」

「市長が、全て長刀鉾町の東田という町役に委《まか》せたといっているから、その携帯を渡せといったんだ」

「あんたは、何のために、山鉾巡行の邪魔をするんだ？」

東田の言葉で他の町役たちが、一斉に眼を向けた。

「おれはみんなが、一緒になって楽しそうにしているのが、嫌いなんだよ」

と、男は、いった。

「本当に山鉾のどれかに、爆弾を仕掛けたのかね？」

「疑ってるのなら、このままにしていればいい。あと何時間かしたら、ドカンと来て、何人か死んで、何十人か怪我をしたら、あんたら町の顔役は、丸坊主になるだろうな」

「一億円払えば、それを止めてくれるのかね？」

「一億円用意出来たのか？」

「何とか、私たちで、用意した」

と、東田は、いった。

「そりゃあ、たいしたもんだ。京都の町衆というのは、金持ちなんだな」

「私たちは、あんたが怖いんじゃない。祇園祭を楽しんで下さっているお客様方に、ご迷惑をかけられない。そのために用意したものだよ」

「立派なものだ」

男が、からかい気味にいった。

「どうしたらいいんだね？」

と、東田が、きいた。

「五千万が入るボストンバッグを二つ用意しろ。ルイ・ヴィトンの古いデザインの奴がいいな。用意したら、それに、金を詰めておけ」

「そのあとは？」

東田が、きくと、男は、

「そうせかしなさんな。あんたらの自慢する山鉾巡行は、まだ半分も進んでいないんだろう。お互いに、ゆっくり楽しもうじゃないか」

「いいかね。今から五百年前、応仁の乱で、長く続いていた祇園祭が中断された。その灰《かい》燼《じん》の中から、私たち町衆が祇園祭を復活させたんだ。以来、五百年、戦争にも火事にも負けずに、私たちの力で続けてきたんだ。誰にもそれを中断させていない」

「なるほどね」

「本当に、爆弾を仕掛けたのか？」

横から町役の一人が、怒りをぶちまけるようにいった。

「今のじいさんは誰だ？」

と、男が、きく。

「心配している私たちの仲間の一人だ」

「あと三分で、午前十時四十分になる」

「それがどうした？」

緊張で、東田の声も、とがってくる。

「祇園祭は、もともと、八坂神社の祭りだそうだな」

「それが、どうしたのかね？」

「十時四十分に、八坂神社で、小さな爆発を起こす。まあ、よほどのことがない限り、犠牲者は出ないだろうし、ほとんどの人間が、山鉾巡行との関連はわからない。だから巡行は、そのまま進められるよ」

「何処で爆発するんだ？」

「それは、その時のお楽しみにしておくよ」

と、男は、いった。

男が、電話を切った直後だった。

八坂神社で、小さな爆発が起きた。

7

石段をあがると、八坂神社の大きな門がある。

その門をくぐったところに、大きな提灯がずらりと並んでいる。献灯である。

個人の名前や店の名前が書き込まれ、陽が落ちると、電気の明りがついて美しい。

その一つ、一番下段に並ぶ提灯の一つが、突然、爆発したのだ。

大音響で、近くにいた人たちを驚かせたが、爆発そのものは小さかった。

提灯が粉々になり、両隣りの提灯が燃えあがり、社務所の人間があわてて駈けつけたが、すぐ消火した。

その頃、十津川と亀井は、四条通りの混雑の中にいた。

山鉾のほとんどが、くじ改めを終っていた。

見物人はまだ残っていて、忙《せわ》しく、うちわを使っている。

「わあッ」

という喚声が聞こえたのは、最後の鉾の船鉾が、四条河原町の辻廻しに入っているからだろう。

そのあとには、四つの山が残っているだけである。

何処にも、異常なところは見当らなかった。

二人は、くじ改めの奉行所が設けられた場所をのぞき込んだ。

問題の奉行役の小池市長は疲れた顔で、床几に腰を下し、何処かに携帯をかけている。

喧騒の中でも、小池が、声を殺すようにして電話しているのが、十津川にはわかった。

二人の近くで、こちらは大声で携帯を使っていた若い女性が、ふいに、

「八坂さんで、火事？」

と、声を張りあげた。

「え？　××さんが奉納した大提灯が燃えたって？　え？　爆発？　それで、あんたは、大丈夫だったの？」

十津川は、耳を澄ませた。

「他の提灯にも火が移って？　それで、どうなってるの？　ええ、何んや、もう火は消えたのか。それにしても、××さんは災難やなあ」

「八坂神社で、小さな爆発があったらしい」

と、十津川は、小声で、亀井にいった。

「八坂神社ですか」

「祇園祭というのは、もともと、八坂神社の祭礼行事だと聞いている」

「何か気になりますね」

と、亀井が、いった。

が、まだ、何がおかしいのかは判断がつかなかった。

子供がいたずらに、花火を提灯の中に投げこんだだけなのかも知れない。

十津川は、もう一度、小池奉行に眼をやった。

小池は、床几から立ち上って、あといくつかのくじ改めに向っている。

その時、人混みをかき分けるようにして、かみしも姿の若い男が走って来た。

奉行所の中をのぞき込んで、

「うちの町役さんを見かけませんでした？」

と、声をかけた。

「行者町《ぎょうじゃ》の町役さんか？　見かけないな」

と、並んでいる役員の一人が、答える。

「おかしいなあ。何処にもいないんですよ」

若い男は小さく首を振り、四条河原町の方へ走って行こうとする。それを、

「ちょっと！」

と、十津川が、呼び止めて、

「何があったんですか？」

「あんたは？」

額に汗を浮べた男が、聞き返す。

「警備の人間です」

と、十津川は、いった。

男は、息をはずませながら、

「さっきから探しているんですが、うちの町役さんが見つからないんですよ」

「――」

「妙なことに、他の町役さんも見えないんです」

「それを詳しく話して下さい」

と、十津川は、いった。

「それが、わけがわからなくて。うちの町役さんもいないんで、探しているんですが、六角町の町役さんも岩戸山町の町役さんも、それから菊水鉾《きくすいほこ》町の町役さんも、揃って姿が見えないんですよ」

男は、汗を拭《ふ》きながら、いう。

「何があったと思いますか？」

十津川が、きいた。

「わかりません。みなさん、お年寄りだから、揃ってダウンして、病院へ運ばれたなんてことはないと思いますがねえ」

と、若者は笑ったが、すぐその笑いを引っ込めて、

「私としては用があるんで、見つからないと困るんですよ」

そのまま、走り去ってしまった。

「今のは、山や鉾のある町内の名前じゃありませんか」

と、亀井が、いった。

「やはり、何か起きているんだな」

と、十津川は、いった。

第二章　対決

1

突然、十津川の携帯が鳴った。

歩きながら十津川は、耳に当てる。

「十津川さんか？」

と、男の声が、いった。

聞きなれない声のようでもあり、変になつかしい声にも聞こえた。

「そうだが」

と、応じると、

「京都へ着いたんだな」

「列車内で電話をくれた人か？」

「今、何が起きているかわかるかね？」

男が、いった。

何か、からかい気味のいい方だった。

十津川は足を止めた。

「何をやったんだ？」

「それは、ちょっと難しいな。現在、進行しているところだからね」

「八坂神社の献灯を燃やしたのは君か？」

「あれは、おれのちょっとしたいたずらだよ」

「何をしたんだ？」

十津川は、もう一度きいた。

「現在、進行中だといっているだろう。君の頭で想像できるかね？」

「私に何の用だ？」

「わざわざ、京都まで来てくれたんだから、君にもチャンスをやろうと思ってね」

と、男の声は、いった。

「何のチャンスだ？」

「今、山鉾《やまほこ》巡行が行われている。いつもながら華やかで、楽しい光景だ。今、君もそれを見ているんだろう。何しろ復興五百年祭だ。たいしたもんじゃないか」

「何をいいたいんだ？」

「焦りなさんな。君が働くチャンスは、まだ充分あるんだから」

「何をしたんだ？」

「たいしたことじゃない。今、京都の町をゆっくりと、優雅に動いている山と鉾のどれかに、おれは爆弾を仕掛けたというだけのことだよ。京都の人間も、観光客も、そのことを知らずに、呑気に楽しんでいる。面白いと思わないかね？」

「本当なのか？」

「いや、嘘だといったら、どうするんだ？　安心するのか？」

「本当なんだな。それで誰に、何を要求した？」

「この巡行が終るまでに一億円払えと、この祭りを主催している町役に要求した」

「それで払うといったのか？」

「さすがに京都の町衆だ。自分たちで金を集めて、おれに払うといってきた。五百年もこの祭りを続けてきただけのことはあると、おれは感心したよ」

「よくわからないぞ」

と、十津川は、いった。

「何がだね？」

「私は刑事だ。何故、そんなことを話す。京都の町衆には、警察には知らせるなといっているんだろう？」

「パニックになるのは、誰も望んでいないからな」

「じゃあ、何故、私に話す？」

「君もおれも、ここでは他所者《よそ》だ。それに今もいったように、おれは君にチャンスをやりたいと思っている」

「それで？」

「今、いったように、おれは今、巡行している山と鉾のどれかに爆弾を仕掛けた。一億円出せば、どれに仕掛けたか教えるといい、町衆は一億円払うつもりだ」

「それは聞いたよ」

「おれはそれで取引きをしたんだが、おれは気まぐれでね。一億円を貰ったあと、約束を守ろうかどうか決めかねているんだよ。こんな仰々しい祭りは、いっそのこと、ぶっこわしてやろうかという気もしているんだよ。君はどう思う？」

「何が、いいたいんだ？」

「おれの気まぐれをどう思うか、聞いてるんだよ」

と、男は、いう。

「私を、からかっているのかね？」

十津川は、だんだん腹立たしくなってきた。

「おれは、君と相談してるんだよ。おれは、時々、自分の感情を制禦《せいぎょ》出来なくなるんだよ。それでおれは、君に助けて欲しい。君だって、大事な祇園祭を、めちゃめちゃにしたくないだろう」

「いっている意味が、よくわからないね。君自身の問題だろう」

「じゃあ祇園祭は、どうなってもいいんだな？　チャンスをやろうというのに、断るのかね？　それでも刑事かね？」

「――――」

「一分したら、この電話は切る。君は、祇園祭が台無しになるのを、その眼で見ていたらいい」

「待て！」

「何んだ？」

「話を聞こう」

「それでいい。いいか、山鉾巡行の終了予定時刻は、午後三時三十分になっている。だが、今の状況では、三時三十分には、とても、終らないだろう。そこで、午後四時まで、余裕を見よう。君は、それまでに、山か鉾のどれに、爆弾が仕掛けられたか発見するんだ。もし見つけられれば、君の勝ちだ。装置自体は簡単なものだから、発見すれば、すぐ解除できる」

と、男はいった。

「午後四時だな」

「そうだ。ただし、このゲームには、条件がついている」

「ゲーム？」

「そうだ。おれにとっては、あくまでもゲームだよ。これから、その条件をいう。第一、君が一人で山鉾巡行を止めずに見つけること。お供の刑事の助けを借りるのは許可しよう。京都府警に知らせて、巡行を一斉に止め、一斉に山と鉾を調べたりしたら、おれはその時点で、爆弾のスイッチを入れる」

「他にも、条件はあるのか？」

「町衆と話をするのも厳禁だ。今も話したように、町衆は賢明にも祇園祭をとどこおりなく巡行させるために、おれの要求に応じようとしている。それを邪魔してはならん。もし、町衆の態度が少しでも変化したら、その時点で爆発させる」

「一億円の授受は、いつやるんだ？」

「それは君とは関係ない。おれと町衆の関係だ。君とおれの間には今いったゲームがあるだけだ。君が早く爆弾を見つければ、町衆は一億円をおれに払わずにすむかも知れないぞ。がんばれよ」

「それだけか？」

「ああ、もう一つ条件があった。山鉾の巡行は、人為的には絶対に止めるなよ。そんなことをしたら、町衆が泣くからな」

「条件しかないのか？」

「何のことだ？」

「これは、ゲームなんだろう？　それなら、君と私は対等の筈だ。それがゲームというものだ。君の方だけが、条件を出すのは、不公平じゃないかね？」

「ああ、そうか。ヒントが欲しいというわけだな。いいだろう。ヒントをやろう。ヒントは、中国だ」

「中国？」

「チャイナだよ。時間がないぞ。がんばれよ、本庁の警部さん」

それだけいって、勝手に電話を切った。

2

いぜんとして、町は暑かった。

山鉾巡行はゆっくりと、だが、確実に進んでいる。

舗道を埋めつくした観光客も、立ち去ろうとしない。

大通りの半分は、交通規制を布《し》かれたままである。

それでも最後の山鉾が通過した場所からは、観客が少しずつ移動していた。

「ゲームですか」

と、亀井は、険しい眼で、

「何という奴なんだ。犯罪をゲームだと思っているんだ」

「まだ、一時間ある」

と、十津川は、いった。

「とにかく、この暑さでは頭がうまく回転しない。冷たいものを口に入れようじゃないか」

十津川は、亀井を誘って、裏通りに入り、小さな喫茶店に入った。

二人は氷金時を頼んだ。

二人の他に客の姿はなく、テレビは山鉾巡行を映し続けている。

「犯人は本当のことを、いっていると思いますか？」

亀井が、テレビ画面を見ながら、いった。

「京の町衆が、一億円を犯人に支払うと約束したという話か？」

「そうです」

「私が町衆なら、一億円払うね」

「払いますか？」

「何よりも、この祇園祭を成功させたい。それは一人の死者も出したくないからだよ。その一億円も、自分たちで出そうというんだろう。私は、そこに町衆の心意気みたいなものを感じるんだよ」

「しかし、それを何故犯人は、警部にわざわざ知らせて来たんでしょう？」

「犯人のいうことが、本当かも知れないね」

「どういうことですか？」

「私とゲームをしたいということだよ。犯人は、わざわざ私を京都に呼び寄せた。ということは、最初から私とゲームをするつもりだったのかも知れない。私が知らないところで、一億円を手に入れても本当の勝利感はないんじゃないのかね。だから私にゲームを挑んできた。或いは、私をからかって、喜んでいるのか、どっちかだろう」

「個人的に警部に恨みを抱いているということでしょうか？」

「かも知れないが、声に聞き覚えはない」

「どうします？」

「犯人の挑戦に応じるより仕方がないだろう」

と、十津川は、いった。

「しかし、やたらに条件を出していましたね」

「ああ」

「勝手な条件をつけてますね。そうは思いませんか」

「思うが、今は向うが主導権を持っているようなものだからね。不利な条件でも黙るより仕方がない」

「やたら、違反したら爆発させるぞといっていましたが、とすると、時限爆弾ではなく、無線で爆発させる種類のものということになりますね」

「その可能性があるな」

「とすると、爆弾にはアンテナがついている筈です。それに、途中に電波をさえぎるものがあれば、爆発はしませんね」

「だから、犯人は複数だよ」

と、十津川は、いった。

「一人は、多分、爆弾を仕掛けた山か鉾の近くにいて、常に電波が届くエリアを確保しているんだと思うね」

「だとすれば、犯人の条件を呑むより仕方がありませんね」

「今は、その通りだ。犯人の指定する土俵で、角力《すもう》を取ってるようなものだよ」

「ヒントを一つくれましたね」

「中国だ」

「どういう意味でしょう？」

「素直に受け取れば、中国に関係がある山か鉾に、爆弾を仕掛けたということになる」

「調べてみましょう」

「これを見てくれ」

と、十津川は、祇園祭のパンフレットを、亀井に渡して、

「それは、全ての山鉾について、解説してある。その中から、中国に関係のあるものを、

抜き出してみてくれ」

「やってみましょう」

亀井は、一つ一つ解説を読み始めたが、すぐ、

「こりゃあ、駄目です」

と、声をあげた。

「何が駄目なんだ？」

「中国に関係した山や鉾が多過ぎます」

「そんなに多いか？」

「多いです」

「当時の日本は、中国の文化の影響をモロに受けていたからね。多いのも当然かも知れないな」

「例えば函谷鉾《かんこほこ》は、中国の戦国時代、斉《せい》の孟嘗君《もうしょうくん》が、秦《しん》の国から逃れる時、食客が鶏の鳴きまねをし、函谷関の関所を開けさせた故事にちなんだものです。郭巨山《かっきょやま》は、中国の史話二十四孝の故事に由来し、その話の人形をのせています。役行者山《えんのぎょうじゃやま》は一見、中国に関係ありませんが、山の周囲を飾る水引きの絵は、唐子《からこ》遊戯図と唐美人図で、十七世紀に明で織られたものです。黒主山《くろぬしやま》は、大伴黒主《おおとものくろぬし》の姿を象《かたど》っていますが、古い前掛は明《みん》の王が、

琉球王に贈った礼服を継いだものです。鯉山《こいやま》は黄河中流にある竜門の滝に登る鯉を飾っています。中国の登竜門の故事です」

「わかった。とにかく、書き出してくれ」

と、十津川は、いった。

「今、いった五つの山と鉾の他のものを書き抜いてみます」

と、亀井はいった。

○菊水鉾《きくすいほこ》　屋根が唐破風《からはふ》造り

○鶏鉾《にわとりほこ》　中国古代、尭《ぎょう》の時代は天下太平で、訴訟に使う太鼓に苔が生え、鶏が巣を作ったという故事による

○白楽天山《はくらくてんやま》　唐の詩人、白楽天が道林《どうりん》禅師と問答する姿を表現

○北観音山《きたかんのんやま》　下水引《したみずひき》は、唐人物王侯行列風俗で、金地に刺繍した豪華なもの

○霰天神山《あられてんじんやま》　前掛が中国刺繍

○伯牙山《はくがやま》　中国の琴の名手、伯牙の人形

○鈴鹿山《すずかやま》　前掛はシルクロード、胴掛は中国山水人物図

○孟宗山《もうそうやま》　中国の二十四孝から、母のために、雪山で筍を掘り当てた故事による

○太子山《たいしやま》　前掛は、秦の始皇帝を描いた阿房宮《あぼうきゅう》
○蟷螂山《とうろうやま》　中国梁の時代の詩文集「文選」にある言葉から、カマキリを飾る
○木賊山《とくさやま》　前掛は、唐人交易図

「全部でいくつだ？」

十津川が、きく。

「山が十三と、鉾が三つです」

「多いな」

「多いです。この十六の山鉾を、午後四時までに気づかれないように調べるのは、至難のワザです」

と、亀井は、いった。

「考えてみよう」

「何をです？」

「私が、何かヒントをくれといった時、犯人は、あっさりと中国と、いったんだ。たいして、考えずにと思ったよ。何故、そんなに簡単に、ヒントは中国だといったんだろうか？」

「犯人は、山鉾巡行に狙いを定めたわけですから、山や鉾について、勉強したんだと思います」

「そりゃあ山鉾巡行について、何も知らなくては、今回の犯行は出来ないだろう」

「とすると、このパンフレットぐらいは読んだ筈です」

「それで？」

「犯人も、われわれと同じように、中国に関係するものが沢山あるなと思ったんじゃないでしょうか。この他にも、山や鉾の周囲に描かれた絵や、どんちょうに中国の南画が見られたものがありましたから、数はもっと多いと思います。それで犯人は警部にヒントをくれといわれて、とっさに、このことを思い出したんじゃないでしょうか。中国に関係する山や鉾は、こんなに沢山あるんだから、中国というヒントを与えても、見つかるものかと思ってです」

「なるほどね」

「或いは、本当は、全く中国に関係のない山か鉾に爆弾を仕掛けたのかも知れません」

「われわれを欺《だま》したか」

「そのくらいのことは、やりかねないと思います」

と、亀井はいった。

「そうだが、私は、犯人は欺す気はないと思う」

と、十津川は、いった。

「犯人を信じるんですか？」

亀井が、眉をひそめる。

「いや、信じはしない。だが、私はこう考えたんだ。今、カメさんが調べただけでも、中国に何らかの関係がある山と鉾は十六を数える。それに中国の風景画を加えたら、優に半数を越えてしまうんだ」

「そうです」

「ところで、犯人が、ヒントは中国といった。それをわれわれがどう受け取るか。それは犯人にもわからないわけだよ」

「そうです」

「犯人が正直に、というのはおかしいが、中国と関係のある山か鉾に爆弾を仕掛けたとする。その場合、われわれは、それを真に受けて調べても、数字的には、半数の山鉾を調べなければならないんだ」

「ええ」

「もし、われわれが、犯人の裏を読んで、中国と無関係の山鉾を探したとすれば、全部の山鉾を調べなければならなくなる」

「そうです」

「もし犯人が、中国と無関係の山鉾に爆弾を仕掛けて、嘘をついたとしよう。われわれがそれに気づかず、中国関係の山鉾を調べていけば、まんまとその罠《わな》にはまるわけだが、われわれが裏読みして、中国と無関係の山鉾を調べていったら、早く山鉾を見つけ出してしまう。中国と無関係の山鉾の方が、数が少いんだからな。だから私は、犯人は中国と関係のある山鉾に仕掛けたという言葉を信じようと思う。どう転んでも、犯人にとってはその方が有利なんだから」

「わかりました」

「それに犯人が私とゲームをしたいというのは、本気だという気がするんだよ。そうでなければ、犯人は私になんか声をかけず、勝手に一億円の脅迫をしていただろうと思う。だが犯人はそうしなかった。理由はわからないが、私と戦いたいんだ。私に勝ちたいのさ。それなら卑怯な方法は取らないだろうと、私は思っている。私を欺して勝っても、本当の勝利感は得られないからだよ」

「私は警部ほど素直になれませんが、とにかく、爆弾が仕掛けられた山鉾を探しましょう」

と、亀井は、いった。

「やってみよう。犯人の挑戦に対して、逃げるわけにはいかないからな」

「中国に関係のある山鉾全部を、調べるだけの時間はありませんよ。最初の山鉾に爆弾が仕掛けられていれば幸運ですが、そんな期待は持てません。第一、巡行中の山鉾を、一つ一つ、調べる方法なんかありません」

「それを何とかして、絞っていこうじゃないか」

と、十津川は、いった。

3

東田の持つ携帯に、犯人から、再びかかってきた。

「天気はいいし、観光客は大勢集って、今回の山鉾巡行は盛大で良かった」

と、犯人は、いった。

東田は、いらだちをじっと押さえた。

「私をからかっているのかね?」

「とんでもない。さすがは千年の都にふさわしい祭りだと思って、感心しているんだよ。

おれだって子供の頃は、わくわくして祭りを楽しんだものだ」

「それなら何故、爆弾を仕掛けたりするんだ？」

「前にもいったが、今のおれは、みんなが楽しんでいるのを見ると、むかつくんだよ」

「私たちとしては、今年の山鉾巡行を、無事に終らせたい。一人の怪我人も出したくない。だから私たちは、あんたのことも、爆弾のことも、警察には話していない」

「それはいい心掛けだ」

「そのために一億円を、あんたに払っても惜しくはない。どうしたらいいか教えてくれ」

「一億円は、二つのボストンバッグに分けて入れてあるね？」

「ああ、いわれた通り、ルイ・ヴィトンのバッグに詰めてある」

「よろしい。それを持って、京都駅へ行け。新幹線口だ」

と、男の声がいう。

「私ともう一人、同行していいかね？　一億円の重さは、思った以上なんだよ」

「誰だ？」

「私と同じ町衆の中村さんだ。月鉾町の町会長で、私とは子供の時からの友人だ」

「いいだろう。すぐ二人で車に乗り、京都駅の新幹線口へ急げ。この携帯で逐次、指示する」

「必ず、爆弾のことは教えてくれるんだろうね？」

「おれは約束を守る。安心しろ」

と、犯人は、いった。

東田は中村と二人、五千万円の入ったバッグを持って町会所を出て、外にとめてある車に乗った。

山鉾巡行はすでに四条通りから消え、北に向う河原町通りに移っている。

東田の運転する車は、烏丸通りを京都駅へ向った。

巡行と反対方向だけに、道路は空いている。

助手席の中村がラジオのスイッチを入れた。こうしている間も、山鉾巡行のことが気にかかるのだ。

祭りのお囃子の音と、アナウンサーの声が、聞こえてきて、ひとまずほっとする。巡行は支障なく、進行しているのだ。

東田は、車を新幹線口に廻す。

今日は、いつも以上に、大型の観光バスが数多くとまっている。

犯人から電話がかかった。

「どうやら、着いたようだな」

「私たちを、見張っているのか？」

「おれは、一人じゃない。何人も仲間がいるんだ。それを忘れないことだ」

「これからどうしたらいいのかね？」

「駅前の駐車場にミニ・クーパーSが、とまっている。この車を知っているか？」

「私の娘が乗っている」

と、東田は、いった。

「それはいい。あずき色のミニ・クーパーSで、東京ナンバーだ。ナンバーは、品川××××。すぐ見つかる筈だ。見つけたら、運転席に、二つのバッグを放り込め。窓ガラスは、開けてある」

と、犯人はいう。

「誰かに、盗まれたりしないか？」

「大丈夫だ。おれの仲間が、見張っている」

「そのあとは？」

「二つのバッグを放り込んだら、まっすぐ、引き返せ。おれたちは、一億円を、確認してから、また、連絡する」

「約束は守ってくれるんだろうね。爆弾のことは、教えてくれるんだろうね？」

東田は、念を押した。

「安心しろ。そちらがおれを欺さなければ、こちらも約束は守る。早くしろ」

と、犯人はいった。

東田と中村は車からおり、あずき色のミニ・クーパーSを探した。

特徴のある車種なので、すぐ見つかった。

ナンバープレートを確認する。運転席の窓ガラスは、開いていた。

二人は、そこから一億円を詰めたバッグ二つを、放り込んだ。

「帰ろう」

と、東田が、いった。

「こんなことでいいのかね？　犯人の言葉が信用できるのかね？」

中村が、険しい表情で、いう。

「私だって、正直にいって、犯人の約束を鵜《う》のみにしてるわけじゃない。しかし他に方法があるかい？　犯人が一人じゃないというのは本当だと思っている。向うに警察の派出所があるから、これから駈け込んで全てを話してもいい。しかしその結果、今、巡行中の山鉾の一つが爆発したらどうなるんだ？　死人が出るし、何よりも伝統のある山鉾巡行に、祇園祭に、汚点がついてしまう。それが怖いんだよ」

東田が、いった。

「わかった。うまくいくことを祈って、帰ろう」

と、中村も、肯《うなず》いた。

二人は自分たちの車に戻って、発進した。

ラジオは引き続いて、山鉾巡行の実況放送をしている。

「天気が良くて、よかったですねえ」

と、アナウンサーが、呑気にいっている。

ゲストは渡辺《わたなべ》という大学の助教授で、京都に生れ育ち、もう四十年も、山鉾巡行を見て来たという。

「いつも、この巡行を見るたびに、京都に生れ育ったことに、喜びを感じるんですよ。こんなに、華麗で伝統のある祭り、しかも、れんめんと、五百年以上も続いているというのは、稀有《けう》なことですからね。その上、これが国の力を借りず京の町衆たちに支えられて来たことは、奇跡に近いと思うのです。改めて、町衆に感謝したいと思いますね」

と、渡辺は、いった。

東田も中村も、この先生をよく知っていた。時々、祇園のクラブで会うのだ。

いわば、飲み友だちでもある。

一瞬、二人の顔に微笑が浮んだ。

もちろん、それも一瞬のことで、町会所に戻ると、他の町役が、緊張した顔で待ち構えていた。

東田は、下手な説明をするよりもと考え、小型のボイスレコーダーに、録音してきた犯人とのやりとりを、みんなに聞かせた。

「あとは、犯人からの連絡を待つより仕方がないんだよ」

と、東田はいった。

他の町役たちは、黙っている。

犯人を信じていいかどうか、わからないのだ。

その重苦しい沈黙を破るように、中村が、

「今、巡行は、何処まで進んでいる?」

と、きいた。

「先頭が、御池河原町の辻を曲っているところで、今のところ事故の報告は、一件も届いていない。順調だ」

と、町役の一人が、いった。
七、八分して、東田の持つ携帯が、鳴った。

全員の眼が、東田に注がれる。

東田が、携帯を取った。

「もし、もし」

「一億円は、確認した」

と、男の声が、いった。

「それなら、爆弾を仕掛けた山鉾を教えて欲しい。約束だ」

「教えるつもりだったが、思わぬ支障が、出来てしまった」

と、犯人は、いった。

東田の顔色が、変った。

「どういうことなんだ？」

「おれも、おれの仲間も、約束を守りたいんだが、急に、邪魔者が割り込んできたんだ」

「どういうことか、詳しく話してくれないか」

「警視庁の十津川という警部と、亀井という刑事がいる」

「警視庁といったら、東京の警察だろう？　東京の警察がなぜ、京都の祭りに介入してくるのかね？」

「この二人は、いわゆる悪徳警官でね。金の匂いを嗅《か》ぎつけて、首を突っ込んでくるんだ。

今度も、おれたちの一億円話を、どうして知ったのか、口を挟んできた」

「そんなことは私たちに関係はない。とにかく、どの山鉾に爆弾を仕掛けたのか教えてくれ。約束だ」

と、東田は思わず、大声を出した。

「出来ない」

「どうしてだ？　あんたが、仕掛けたんだろう？」

「そうだが、肝心の発信機を十津川に奪われた！」

と犯人も、声を大きくした。

「発信機？」

「そうだ、おれたちが仕掛けたのは、時限爆弾ではなく、発信機で電波を送って、爆発させるようになっている。その発信機を奪われてしまったんだよ。その上十津川は、おれたちを脅しているんだ。爆弾について、勝手にあんたたちと取引きをしたら、すぐ発信機のスイッチを入れるといっている」

と、犯人は、いうのだ。

「私たちは一億円を払ったんだ。それを、その刑事にやったらいいだろう」

と、東田は怒りを押さえて、いった。

「十津川という男は、それだけでは満足しないんだよ」

「どうして！」

思わず、東田は、叫んでいた。

「おれにだって、わからないよ。何しろ、十津川は、恐しい男なんだ。一見すると、優しい紳士に見えるが、羊の皮をかぶった狼でね。一億円で満足するかどうか」

「どうしてくれるのかね？」

「今、必死で、十津川を説得しているところだ。おかしないい方だが、今はおれは、あんたたちの側に立っているようなものだ」

「本当なのかね？」

「何がだ？」

「十津川という悪徳警官のことだ。実在するのかね？」

と、東田は、きいた。

「嘘だと思うのか？　警視庁捜査一課に電話して、聞いてみたらいい。十津川と亀井という二人が、今、何処にいるか、聞くんだ。それで全てがわかる。用もないのに、京都に行っていると答える筈だ」

「――――」

「今もいったように、おれが何とか奴を説得するから、待っていてくれ。くれぐれもいっておくが、あんたらが少しでも妙な動きをすると、十津川は容赦《ようしや》なく、発信機のスイッチを入れる。人が死ぬなんて、何とも思わない男なんだ」

と、犯人はいい、電話を切った。

東田は、電話機の傍にいる若い町役に向って、

「すぐ、東京の警視庁の捜査一課の電話番号を調べて、かけてくれ！」

と、いった。

電話がつながると、東田がかわった。

「私は、京都の商工会議所の東田といいます」

「私は捜査一課長の本多といいますが、どんなご用でしょうか？」

と、相手が、きく。

「そちらに、十津川さんという方は、いらっしゃいますか？」

と、東田は、きいた。

「おりますが」

「電話に出て頂けますか？」

「あいにく、現在、留守にしております」

「どちらにお出かけなんですか？」

「それはちょっと、申し上げられません」

と、相手は、いった。

「なぜですか？」

「それは、こちらの事情です」

相手は、そっけなくいう。

「十津川さんは、京都に来ているんじゃありませんか？」

東田は、しつこくきいた。

「申し上げられません」

「そうですか――」

東田は苦い顔で電話を切った。

「どうだったね？」

と、中村が、きいた。

「十津川という刑事は、実在したよ」

「それで、どんな刑事なんだ？」

「向うの一課長は、十津川という刑事について、なぜか話したがらないんだよ」

「やっぱり、何かあるのか？」

「何かあるとしか思えないね」

「困ったものだな」

と、中村は、小さく溜息《ためいき》をついて、

「ゆすりの犯人に、悪徳刑事か」

「どうしたらいいのかね？」

他の町役が、青い顔で、いった。

「橋本《はしもと》さんに相談するかね？」

中村が、賛成を求めるように、みんなの顔を見廻した。

「橋本さんて、府警本部の橋本さんか？」

「そうだよ。あの橋本さんだ」

「しかし私たちが少しでも動いたら、十津川という男は、発信機のスイッチを押すということじゃないか。そうなったら大変だぞ」

一人の町役が顔をこわばらせて、いった。

「十津川という男は、いったい何が望みなのかね？」

他の一人が、きいた。

「金だろう。今度の犯人が私たちから一億円せしめたのを知って、割り込んできたんだと思うね」

「それなら犯人と、悪徳刑事の問題じゃないか」

「その通りだ」

「それなら犯人が、十津川に一億円の半分をやって、悪人同士で決着をつけてくれればいいじゃないか。そして一刻も早く、爆弾の場所を教えて貰いたいものだ」

「犯人が手に入れた金を一銭も、十津川にやりたくないんだろう。狼同士のケンカみたいなものなんだ」

「十津川という男が、腹立ちまぎれに発信機のスイッチを入れることはないのかね。それが一番怖いが」

「それは、まずないと思う」

と、東田がいった。

「何故、そういえるのかね?」

「悪徳刑事というのは、損になるようなことはしないと思う。それに刑事という肩書きを持っているから、強《こわ》もてもするし、金にもなるんだ。ヘマをして刑事の肩書きを失えば、タダの人間になってしまう。そういうことは、当人が一番良く知っているだろうから、下手なことはしないと私は思っている。金にならんことは、やらないよ」

「本当に大丈夫かね？」

「とにかく、もう少し様子を見ようじゃないか。犯人だって何とかしたいと思っているだろうから、おかしないい方だが、犯人に期待しようじゃないか」

と、東田は、いった。

4

十津川と亀井は、絞り込む作業を続けていた。

全ての山鉾を調べる時間の余裕はないし、そんな作業が許される筈はなかったからである。

せめて、五、六基にまで絞りたかった。

「山鉾に描かれた山水画は無視しよう」

と、十津川は、まず、いった。

「昔の画家は、雪舟《せっしゅう》も中国の山水画の模倣から入っている。だから、中国の風景を描いたように見えても、本当は日本の風景を中国式に描いたものかも知れない。だから、絵だけを見て中国と関係があると断定は出来ないんだよ。だから犯人も、山水画を見ていちいち、これは中国と関係があるとは考えないだろう」

「では唐子遊戯図とか唐美人図というのも除外していいんじゃありませんか。こういう図柄の絵は町でよく見かけます。それを見るたびに、あッ、中国だとは思いませんから」

と、亀井が、いう。

「菊水鉾の屋根が、唐破風造りというのはどうだろう？」

「ちょっと丸味を帯びた屋根のことでしょう。考えてみると、警部のいわれるように当時の日本は、中国文化の強い影響下にあったわけですから、寺院の造りだって、全て中国の影響を受けていたわけでしょう。菊水鉾の屋根の造りが唐破風造りだと知っている人は少いでしょうし、あれを見て、ああ、中国様式だと思う人もいないと思います」

「じゃあ、それも除外しよう」

「中国の故事に由来する山鉾というのはどうでしょう？　この数が多いですが」

と、亀井が、いう。

「君に渡したパンフレットには、その故事が詳しく書いてあるのか？」

「いわれが全て書かれています。それに、主として山の方ですが、山自体の名前も、中国の故事に倣《なら》っています。例えば、孟宗山は中国の史話二十四孝から題材を取っていますが、呉《ご》の国の孟宗という若者が病身の母のために雪に埋もれた竹やぶから筍を掘り当てる話です。その孟宗という男の名前を、そのまま山の名前に使っています」

「それならわかり易い」

「ただ、犯人が中国の故事に詳しいかどうかわかりませんが」

「いや、犯人は今日の山鉾巡行を狙うことにしてから、それに関する参考書は読んだ筈だよ。そうでなければ、くじ改めのことだってわからないからね。とにかく、中国の故事に関係するものを書き出してみよう」

と、十津川はいった。

○函谷鉾
○郭巨山
○鯉山
○鶏鉾
○白楽天山
○伯牙山
○孟宗山

○蟷螂山

「それでもまだ、八基もあるのか」

十津川は溜息をついた。

これではまだ多過ぎる。

「郭巨山は除外しよう」

と、十津川は強い調子でいった。

「何故ですか？」

「くじだよ」

「くじ――ですか？」

「郭巨山は一番くじを引いている。長刀鉾は、いつもくじに関係なく先頭を行くから、実質的には二番目だが、早いことには変りはない。犯人の心理として、先頭から二番目の郭巨山に爆弾を仕掛けるものだろうか？」

と、十津川は、いった。

「そうですね。犯人の心理としては、多分、真ん中あたりの山鉾に、仕掛けるでしょうね」

と、亀井も、同調して、

「警察が危険を知って巡行を止め、先頭の山鉾から一つずつ調べていった場合、一番くじのものは、すぐ発見されてしまいますからね」

「三十二基の山鉾が巡行しているわけだから、先頭から五番目くらいまでには、心理的に爆弾を仕掛けにくいということだ。ところで、今日の巡行の五番目までの順番は、こうなっている」

十津川は、メモを見せた。

①長刀鉾
②郭巨山
③蟷螂山
④保昌山
⑤月鉾

「これを見れば、郭巨山と、もう一つ、蟷螂山は除外していいと思う」

と、十津川は、いった。

「それでも、まだ、六基残っています」

亀井がいった時、十津川の携帯が鳴った。

(また、犯人からか)

と、一瞬身構えたが、相手は本多捜査一課長だった。

「どうなっている?」

と、本多が、きく。

「どの山鉾に、爆弾が仕掛けてあるのかわからず苦戦しています」

「防げそうなのか?」

「京の町衆は、金で解決しようとしているようです」

「金でか」

「私たちは、他所者《よそもの》ですから、町衆の考えを尊重しなければなりませんし、余計なことは出来ません。ただ、犯人が電話で私に、挑戦してきました。どの山鉾に爆弾を仕掛けたか、見つけてみろといってです」

「だが、どの山鉾か、わからんのだろう?」

「三十二基の山鉾から六基にまで絞ったんですが、それ以上、なかなか絞れません」

「そういえば、ついさっき、犯人から私に、電話がかかってきたよ」

と、本多は、いった。

「犯人からですか？」

「そうだ」

「今回の事件の犯人に間違いありませんか？」

十津川は、念を押した。

「間違いない。向うは、君が京都にいることを知っていたからね。それを知っているのは、犯人だけだろう？」

「それはそうですが、犯人は、課長に、何を聞いたんですか？」

「もちろん、君のことさ。カマをかけて来た。京都にいることを知っている癖に、十津川さんは今、何処にいるのかと聞いていたよ。だからそんなことに答える必要はないと、いってやった」

と、本多は、いった。

「相手は名前をいったんですか？」

「いうものかね。京都の商工会の人間だみたいなことをいってたが、嘘に決っている。犯人は君のことを、いろいろと知りたいんだろう」

「かも知れませんが、私の方は犯人について何もわかっていないのです。ひどいハンデです」

と、十津川は、いった。

「何か、思い当ることはないのかね？　犯人は、わざわざ君を京都にまで呼び出して、祇園祭の舞台で、挑戦しようとしているんだ。多分、君に対して屈折した感情を持っているんだと思うよ。きっと君は、何処かで犯人と出会っている筈だ」

と、本多は、いった。

「私も、そう思っています」

と、十津川は、いった。

(何処かで、犯人と出会っているのだ)

だが、思い出せない。

電話を切ると、十津川は一基の山鉾に絞り切れないままに、亀井を促して喫茶店を出た。

時間にも、追われていたからである。

また、携帯が鳴った。

今度は、犯人からだった。

「おれが爆弾を仕掛けた山鉾が、わかったか？」

と、犯人が、きく。

「六基の山鉾に絞った」

と、十津川は、いった。

「そりゃあ、たいしたものだ。参考のために、その六基の山鉾の名前を教えてくれないか」

「函谷鉾、鯉山、鶏鉾、白楽天山、伯牙山、それに孟宗山の六基だ」

と、十津川は、いった。

その名前をいって、犯人の反応を見たかったのだ。

「うーん」

と、犯人は小さく、唸ってから、

「たいしたものだな。さすがに、名警部といわれるだけのことはある」

「お世辞はいいから、どの山鉾に爆弾を仕掛けたか、教えたまえ」

十津川は、語気を強めて、いった。

「簡単には教えられないね。私はゲームを楽しみたいんだ」

と、犯人は、いう。

「とにかく、話せ」

「三条東洞院下ルに、スバルという古い喫茶店がある。そこへ行って、田中英男《たなかひでお》だといって、ママから、あるものを受け取れ」

と、犯人は、いった。

「それは、何なんだ？」

「とにかくすぐ行けよ。時間がないぞ」

と、犯人はいって、電話を切った。

十津川と亀井は、京都の市街地図を広げた。

三条東洞院というと、三条通りと、東洞院通りの交叉した地点ということだろう。

京都で、上ル、下ルというと、御所に向ってを意味する。

だから、三条東洞院下ルというと、三条通りと東洞院通りの交叉点より少し、御所から離れる場所を意味するに違いない。

「行ってみよう」

と、十津川は、いった。

「犯人のいいなりになるんですか？　われわれを、からかっているだけかも知れませんよ」

亀井が、咎《とが》めるように、いう。

「かも知れないが、今は確かめてみるより仕方がないんだ」

と、十津川はいい、駈け出した。
亀井も小さく首を振ってから、同じく駈け出した。
まず、南北に走る東洞院通りに出た。
その通りを北に向って走り、東西に延びる三条通りとの交叉点に向って駈ける。
真夏の太陽が、頭上から照りつける。
二人とも、たちまち汗が噴き出してきた。息が弾む。
目まいがしてくる。
それでも、二人は必死で駈けた。
三条通りの交叉点に着く。すぐその近くに、スバルという喫茶店が見つかった。
中に入ると、クラシックな造りで、古い柱時計が時をきざんでいた。
カウンターの向うに五十代のママが和服姿で座っていた。
十津川が彼女に、
「田中英男ですが、預っているものは、ありませんか？」
と、声をかけた。
ママは、黙って、大きな紙袋を取り出して、カウンターの上に置いた。
「これですよ」

と、ぼそっとした声でいう。

十津川は受け取ると、空いているテーブルに腰を下して、中身を取り出してみた。

ミニチュアの山鉾が、二基入っていた。

しっかりした造りで、かなりの重さがあった。

一つは、長刀鉾で、もう一つは、函谷鉾だった。

二人の刑事は、その二基のミニチュアを、テーブルの上に並べた。

精巧に出来ていて、お囃子の人形も鉾にのっていた。

「このどちらかに、爆弾を仕掛けたというのかね？」

十津川が、ミニチュアを睨《にら》んだ。

「長刀鉾の方は、中国と関係がありません。それに、巡行の先頭を行く鉾です。従って爆弾は、函谷鉾の方に仕掛けられていると思います」

と、亀井が、いった。

「今、函谷鉾は、何処にいるんだろう？」

5

東田たちは、長刀鉾町の町会所に集って、じっと、犯人からの連絡を待っていた。

突然、東田の持つ携帯が鳴った。

犯人からだった。

「どうなったか、教えてくれ」

と、東田は、いった。

「うまくない」

犯人は、怒ったような声を出した。

「どういうことだ？」

「十津川の奴、おれの一億円を盗みやがった！」

と、犯人が怒鳴る。

「それは、あんたと、十津川という男の問題だろう。あんたが十津川から金を取り返したらいい。私たちが知りたいのは、どの山鉾に、爆弾が仕掛けられているかということなんだ。教えてくれないか」

東田は、必死の思いでいった。

しかし、犯人は勝手に喋り続ける。

「それだけじゃないんだ、あいつには女の共犯者がいて、その女が一億円を持ち去ったんだ。畜生！」

「女のことなんかどうでもいい。私たちが知りたいのは、爆弾のことだ」

「用心しろ。十津川って奴は金だけ手に入れて満足する人間じゃないんだ。発信機も手に入れてる。爆発させるぞ。畜生！」

「一億円を手に入れたのに、何故、爆発させるんだ？」

「女を逃がすためだよ。それに、十津川って奴は、病気だ。他人《ひと》を困らせて喜ぶんだ」

「どの山鉾だ？　早くいえ！」

東田の声が、荒くなる。

「大きな車のついた鉾の方だ」

と、犯人は、いった。

「鉾だな。何という鉾だ？」

「宵山のとき四条通りにあった」

「四条通りには、何基も鉾があるんだ。四条烏丸通りの交叉点の両側に、鉾が一基ずつ置かれていた筈だ。八坂神社に近い方か？」

「いや、あれは長刀鉾だろう。その鉾は知っている」

「じゃあ、反対側の函谷鉾か？」

「ああ、そうだ！　函谷鉾だ。中国の函谷関にちなんだ鉾だろう。思い出した。宵山の時、その函谷鉾に爆弾を仕掛けたんだ」

「おい。函谷鉾は今、何処だ！」

東田は、大声をあげて、若い町役にきいた。

「多分、御池通りと河原町通りの交叉点近くだと思う」

「二度目の辻廻しか？」

「そうだと思う」

「正確な位置を調べてくれ！」

「気をつけろよ！」

と、まだ、犯人が、叫んでいる。

「十津川は発信機を持ってるぞ！　下手に近づくと、奴は発信機のスイッチを入れるぞ！」

「どんな人相の男か話してくれ」

「年齢四十歳。身長一七三センチ。固太り。タレントのN・Kが老《ふ》けたような顔をしている。それから、いつも金魚のフンみたいに、くっついている刑事がいる。悪徳警官コンビだよ。亀井刑事、年齢四十五歳。身長は一七〇センチ。太っていて、髪は白髪が混っている。タレントのOに似ている」

「わかった」

「気をつけろよ。一筋縄じゃいかない連中だからな」

と、犯人は、いった。

「あと、五、六分で、函谷鉾は河原町御池の交叉点に到着する」

と、若い町役が、緊張した声で、東田に、いった。

「橋本さんに電話するぞ！」

中村が、そういいながら、受話器を取った。

京都府警で、親しくしている橋本警部に、電話をかける。

「一人じゃ、心もとない。何人か一緒に、すぐ御池河原町に行くように、伝えてくれ！」

東田は、電話している中村にいったあと、他の町役たちに、

「私たちも、御池河原町に行こう！」

と、呼びかけた。

東田たちは、二階から下へおりると、それぞれの車に分れて乗り込み、すいている道路を選んで、御池河原町に向って急いだ。

その間に東田の携帯に、中村から連絡が飛び込んでくる。

「橋本さんに連絡がついた。パトカー二台で、御池河原町に向うといってくれた。私もそのパトカーに乗って御池河原町に向う」

と、中村は、いった。

(何んで、こんなことになるんだ?)

東田は車の中で呟《つぶや》いていた。

第三章　ラジコン

1

十津川と亀井は、御池河原町の交叉点に向って、人混みをかき分けながら歩道を走った。

観光客も、少しずつ移動し始めていた。

彼等はちょっと疲れ、ちょっと満足し、ちょっとお腹をすかしているように見えた。

西陽が強い。

十津川も亀井も、汗ぐっしょりになっていた。が、ほとばしる汗を拭《ふ》く余裕はない。

「あれだ！」

と、十津川が叫ぶ。

ミニチュアの函谷鉾《かんこほこ》と同じ巨大な鉾が、御池河原町の交叉点で、二度目の辻廻しに入ろうとしていた。

躊躇《ちゆうちよ》している場合ではなかった。

二人は、人混みの中から飛び出し、函谷鉾に向って突進した。

「辻廻しを止《や》めて、その鉾だけ直進させろ！」

と、十津川は叫んだ。

驚いている人々に向って、亀井が大声を出した。

「とにかく辻廻しは止めて下さい！　この鉾だけ直進させて下さい！」

「何を無茶なことをいってるんです？　あんたは誰なんだ？」

扇子を広げて、鉾を先導する老人が、二人を睨《にら》んだ。

鉾に乗っている囃子《はやし》方は、何が起きたのかという顔で、手を止め、怒鳴っている二人の刑事を見つめている。

「警視庁捜査一課の十津川です。この鉾に爆弾が仕掛けられているという話がある。すぐ、この鉾を直進させて下さい！」

十津川が叫ぶ。

その時、突然観客の間から、屈強な男たちがバラバラと、飛び出して来た。

二十人近い人数が、わあっと十津川と亀井の二人に飛びかかった。

「何をする！　われわれは警視庁の人間だ！」

十津川と亀井が叫ぶ。

しかし男たちは、

「わかってる！」

「だから逮捕するんだ！」

「逃がすな！」

と、わめきながら二人を押し倒し、組み伏せた。

もう一つの集団は函谷鉾を強引に直進させて止めると、鉾の底にもぐり込んで、調べ始めた。

「何してるんですか？」

と、鉾の先導役が車輪の下をのぞき込んだ。

「爆弾を探している。われわれは府警の爆発物処理班だ」

男の一人が怒鳴った。

その一言でその場が凍りついた。

「じゃあ、今捕えた二人は、何者なんですか？」

「あの二人が爆弾の犯人だ！」

と、いったのは刑事たちを指揮していた橋本警部だった。

「見つけたぞ！」

鉾の下にもぐり込んでいた爆発物処理班の一人が叫んだ。

すでに鉾に乗っていた囃子方や、綱を引いていた人々は逃げてしまって、先導方だけが残っていた。

「取り外せるのか？」

と、橋本が、きく。

「わからん！」

怒鳴り返してくる。

「タイマーは、どうなってるんだ？」

「これは時限爆弾じゃない！　ラジコン式だ。まず発信機を見つけろ！」

「ちょっと、これを見てくれ」

と、橋本が、十津川から取り上げた紙袋を、爆発物処理班のリーダーである前田《まえだ》に見せた。

「何だ？」

「犯人と思われる男たちが持っていたものだ」

と、橋本がいい、中から二つのミニチュアを取り出した。

「この函谷鉾と、長刀鉾《なぎなたほこ》のミニチュアじゃないか」

「何故か、これを大切そうに持っていたんだ」

「じゃあ、ただのミニチュアじゃないのかも知れないな」

と、前田は、いった。

彼は、二つを、両手に持って、重さを比べていたが、

「長刀鉾の方が、いやに重いな」

「素材が、違うんじゃないのか？」

「いや、同じプラスチックだ」

と、いってから、前田が突然、顔色を変えて、

「長刀鉾の方が発信機なんだ！」

と、叫んだ。

「発信機？」

「だから、重いんだよ。突っ立っている長刀が、発信用のアンテナだ！」

「じゃあ、それで爆発させるつもりだったのか？」

「だと思うが、何故、そうしなかったのか？」

前田は、考え込んだ。

電波を遮断する金属製の箱の中に、長刀鉾のミニチュアを入れた。

それから、分解に取りかかった。

構造は、ラジコンと同じだった。

前田の顔に微笑が浮んだ。

「わかったよ。この発信機が、故障していたんだ」

「本当か？」

「ああ、コードの接点《プラグ》が、外れていた。それでスイッチを入れても爆発しなかったんだと思うね」

前田は、ほっとした顔でいった。

函谷鉾の床下から爆弾が、ゆっくりと取り外された。

遠巻きにして見守っていた人々の間から期せずして拍手が起きた。

ジュラルミン製の箱に入った爆弾は、慎重に車に積み込まれた。その箱から、小さなアンテナが突き出ているのが不気味だった。

爆発物処理班の車が走り去ると、息を吹き返した函谷鉾には、再び囃子方が乗り込み、綱を引く人々も戻り、御池河原町に向って、ゆっくりと戻り始めた。

囃子方が演奏を始め、祇園祭は息を吹き返した。

橋本警部は動き出した山鉾の行列を見送ってから、ふと重い表情になった。

それは、逮捕した二人の警視庁の刑事を、どう扱ったらいいのか、それを考えたからだった。

2

十津川と亀井は有無をいわせず、四条署に連行された。

そのまま三十分あまり、取調室に閉じこめられていた。

「どうなっているんですかね？」

亀井が、怒りよりも当惑の表情でいった。

御池河原町の交叉点で、府警の刑事たちと格闘した時の打撲傷が痛む。

「どうやら、私たちが犯人と思われているらしい」

と、十津川は、いった。

「それはわかりますが、どうしてそんなことになったのか知りたいですよ」

亀井がぶぜんとした顔でいった。

やっと、一人の刑事が入って来た。

「京都府警の橋本です」

と、彼は丁寧な口調でいった。

十津川は改めて自分の警察手帳を見せてから、

「私と亀井刑事が、逮捕された事情を教えて頂きたい」

と、いった。

橋本は紙袋に入った、二つのミニチュアの鉾をテーブルの上に並べてから、

「これと、町衆からの緊急連絡です。函谷鉾に爆弾が仕掛けられ、犯人が爆発させようとしているので至急、止めさせてくれという連絡があったので、御池河原町に急行したのです」

「私たちが、その犯人だと思ったんですか？」

「タイマーつきの爆弾ではなく、ラジコン式の爆発装置だということでしたから、犯人は、発信機を持っていると考えられたのです」

「私たちが発信機を持っていると？」

「そうです。これをお持ちでした」

と、橋本はミニチュアを指さした。

「これは、長刀鉾のミニチュアでしょう」

亀井が、むっとした顔でいう。

橋本は、黙って長刀鉾のミニチュアを、分解していった。

中から出て来たのは明らかにラジコンの発信機だった。長刀の部分がアンテナになっているのだ。

十津川は怒るよりも、苦笑してしまった。

「なるほど、やられました」

と、いった。

「どういうことですか？　何故十津川さんが、この発信機を持っておられたのか、その理由を、おききしたい」

橋本は固い表情できく。

十津川は犯人とのやりとりを最初から順を追って、説明した。

「犯人は私を共犯に仕立てるつもりで、東京から私を挑発していたのです。まんまとそれに引っかかりました」

「どうも、俄《にわ》かに信じがたい話ですな」

橋本は難しい顔でいった。

その時、若い刑事が入って来て橋本にメモを渡した。

橋本はそのメモに眼をやってから、一層、険しい表情になって、

「失礼ですが、十津川さんの奥さんの車は、ミニ・クーパーSですか？」

と、きく。

「そうですが、それが何か？」

「ナンバーは品川×××ですか？」

「そうだったと思います」

「今、その車は何処にありますか？」

「東京の自宅にある筈ですが」

「その車が、この京都で見つかっているんですがね」

「じゃあ、家内が京都へ来ているということになるのかも知れませんが――」

だが、妻の直子《なおこ》から何の連絡も受けていなかった。

「実は、その車が名神高速の京都南インター付近で見つかったのです」

「――」

「今日、爆弾犯人から、山鉾巡行の責任者に電話が入りましてね。巡行を失敗させたくなければ、一億円払えといわれ、町衆が自力で一億円を用意したんです。犯人は、その一億

円を京都駅前にとめた車の運転席に放り込めと、いってきました。その車がミニ・クーパーSで、ナンバーが今、申し上げたナンバーなのです。名神の入口で見つかったということは、犯人がそこで、他の車にのせかえたとしか考えられないのですよ」

「ちょっと、待って下さい」

十津川は、あわてて携帯を、妻の直子にかけた。が、彼女がなかなか出ない。

「今、その車をこちらに運んで来ますから、見て頂きたい」

橋本は、切口上でいった。

問題の車が、警察の前にとめられて、それを見に十津川は出て行った。

(色が違う)

と、とっさに十津川は思い、一瞬ほっとした。

だが、車に近づき、運転席をのぞき込んで、また眼が険しくなった。

どう見ても、妻の直子の愛車なのだ。小さな傷にも見覚えがある。

車体を調べていた刑事が、車体の一部をナイフで削りながら、橋本に向って、

「ごく最近、色を塗り替えていますね」

と、いった。

「そうだろう。犯罪に使われたんだ。犯人はそのくらいのことはしている」

橋本が、いった。そのいい方に、十津川はトゲを感じた。その橋本が、

「どうですか？　奥さんの車に間違いありませんか？」

と、意地悪く、きく。

「間違いなく家内の車です」

十津川は、肯《うなず》くより仕方がなかった。

京都府警の鑑識が、車内の指紋採取に当り始めた。

十津川は、直子に携帯をかけ続け、やっとつながった。

「今、何処にいるんだ？」

と、きくと、直子は、

「新幹線の中、間もなく京都に着くわ」

と、いう。

「何故、京都に来るんだ？」

十津川が、きく。

「決ってるじゃないの。あなたが心配だからよ」

「心配することなんかないのに」

「でも、男の人から電話があって、京都でご主人が危いといわれたの。どなたですかって

聞いたら、京都府警の者だといわれて。それで心配になって」

「どうして、私に確認してくれなかったんだ？」

「何回も、あなたの携帯にかけたのよ。でも、いつも、話し中で」

と、直子は、いう。

（そうか）

と、思った。

犯人は、直子に電話したあと、次に、十津川に対して、ひっきりなしに携帯にかけて、話し中にしておいたのだろう。

「君の車のことだが」

と、十津川が、いった。

「私の車って、ああ、ミニ・クーパーSのこと」

「あの車が、今、何処にあるかわかるかい？」

「そのことなんだけど、昨日から、見当らないのよ。盗まれたんだと思う」

と、直子は、いう。

「盗難届は出したか？」

「それが、出そうと思っていたら、今日になって、今いったように、変な電話がかかって来て、届を出さずに新幹線に乗ってしまったのよ」

「わかった」

「あの車のことで、何かあったの？」

「いや、何でもない」

と、十津川は、いった。

その電話がすむと、十津川は橋本に向って、

「やはり、車は昨日、盗まれていたそうです。家内が、そういっていました」

「しかし、盗難届は出していないんでしょう？」

「犯人が家内にも罠《わな》をかけて、京都へ向わせたんです。それで時間がなかったんですよ」

と、十津川は、いった。

「しかし、何故、犯人はそんなことまで、やったんですか？」

橋本が、首をかしげて、きく。

「わかりません」

「しかし、祇園祭に乗じて一億円を手に入れるだけなら、十津川さんを巻き込む必要はないわけでしょう？」

「多分犯人は、私に強い恨みを持っていて、その恨みをここで晴らそうと考えたに違いな

いと思っています」

と、十津川は、いった。

「何か、心当りがあるんですか？」

「それを考えているんですが、今のところ思い当らないのです」

「弱りました」

と、橋本は、いった。

「同じ警察の人間として、十津川さんを信用したいんですが、何しろ、町衆は犯人に一億円を奪われていますし、十津川さんたちは、発信機をお持ちになっていた。その上、一億円を奪うために、十津川さんの奥さんの車が使われた。残念ですが府警は、十津川さんを信用するわけにはいかんのです。町衆が十津川さんのことを、犯人の共犯と見ているんですよ」

「わかっています。私の行動がうかつだったことは、よくわかっています」

と、十津川は、いった。

「もちろん、十津川さんたちを逮捕するわけにはいきません。それで今夜は、こちらの指定したホテルに、泊って頂きたい」

「わかりました。その通りにします」

と、十津川は、約束した。

「こちらが何かおききしたい時には、わかる場所にいて頂きたいのです」

と、橋本は、いった。

京都駅前のKホテルに泊ることにして、十津川と亀井は四条署を出た。

3

まず駅に、直子を迎えに行くことにした。

京都駅は祇園祭のハイライト、山鉾巡行が終って、京都を離れる観光客で、ごった返していた。

直子が着くまでに、三十分ほどあったので、コンコースの中の喫茶店で時間をつぶすことにした。というより、今回の事件を、振り返ってみたかったのである。

店内のテレビでは、五時のニュースをやっていて、山鉾巡行が無事、盛大に終了したことを伝えていた。

小池市長が奉行姿のまま、インタビューに答えている。

「私が市長になって、初めての祇園祭だったので、すごく緊張しましたよ。何しろ五百年続いた祭りを、私が台無しにしてしまったら腹を切ったくらいでは、すみませんからね。とにかく何の支障もなく無事に終って、今、ほっとしています」

と、市長は答えている。

「何の支障もなく、無事に終ってですか――」

亀井が、呟く。

「そうだよ。五百年の歴史に、傷はつかなかったんだ」

と、十津川が、いう。

「しかし、爆弾さわぎが起きてますよ」

「あれも、デマだったということにするんじゃないのかね」

「デマですか」

「まさか、私を犯人には出来ないだろうからね。それに町衆の努力を無駄にするようなこともしないだろう」

と、十津川は、いった。

警備に当っていた京都府警の本部長も、こんないい方をした。

それは、十津川の推理を裏書きするものだった。

「本日は晴天に恵まれ、多くの観客の中で、五百年の歴史を持つ山鉾巡行が無事に終り、一人の怪我人も出なかったことを、素直に喜びたいと思っています。唯一、山鉾の一つに爆弾が仕掛けられたというデマが飛び、一時、緊張しましたが、それも何事もなく、ほっとしています」

「何事もなく、というのはどういうことですかね？」

亀井が、いった。

「言葉通りだろう」

「犯人は、探さないつもりなんでしょうか？」

「いや、警察の面子《メンツ》にかけても、犯人は探すだろう。私だって、このまま引き退《さが》る気はない」

十津川は、きっぱりと、いった。

「それにしても、どんな犯人なんでしょうか？」

と、亀井が、きいた。

「犯人は単独犯じゃなくて、少くとも二人だと思っている」

と、十津川は、いった。

「何故ですか？」

「車のことがあるからだよ。主犯は私たちが京都に着いた宵山の日は、すでに京都に来ていたと思っているが、車の方は、あとから京都へ来ているんだ。だから二人だと見ている」

「主犯は、男ですね」

「そうだよ」

「どんな男でしょうか？」

「犯人は、私とゲームを楽しんでいた」

と、十津川は、いった。

「向うは、ゲーム感覚ですか？」

「そうとしか思えないよ。私と京都の町の二つを適当にあしらって、まんまと一億円を手に入れたんだからね。きっと図式を描いて、その図式に従って、私と京都の町を、ゲームみたいに動かしたんだと思っている」

と、十津川は、いった。

「犯人は、今、何処にいるんでしょうか？　一億円と共に姿を消しましたか？」

「かも知れないが、私はまだ犯人は、京都にいるような気がしているんだ。少くとも主犯の方はね」

十津川が考えながら、いった。

「何故ですか？」

「勝利の余韻を楽しみたいんじゃないかと思ってね。それにはこの京都が一番いい」

「では、何処かで今の市長の言葉なんかを、ニヤニヤ笑いながら見ているかも知れませんね」

と、亀井は、いった。

「そうなんだよ」

と、十津川は肯いてから、腕時計に眼をやり、

「時間だ。迎えに行こう」

と、立ち上った。

新幹線の改札口に行って、待つ。

直子が、顔を紅潮させて、おりて来た。

十津川の顔を見るなり、

「何があったのか、教えて頂戴」

と、いった。

「ホテルへ行ってから、ゆっくり話すよ」

「問題が起きたみたいね」

「ああ、起きている」

と、十津川は、いった。

駅前のKホテルまで、歩いた。

「でも、祇園祭は無事に終ったんでしょう?」

直子が歩きながら十津川の顔を見た。

「無事に終って、みんな喜んでいるよ」

「何かいい方が変ね」

三人は、Kホテルに入った。

ロビーのティ・ルームで、三人は話し合うことにした。

コーヒーを飲みながら、十津川は京都でぶつかった事件について、直子に説明した。

直子の表情が変っていく。聞き終った時、直子が最初に口にしたのは、

「呆《あき》れた!」

だった。

「警視庁の現職の警部が、爆破未遂容疑で逮捕されるなんて」

「見事に引っかかったんだ」

と、十津川は苦笑して、

「その上、君の車まで使われた」

「私の車は四条署なの？」

「事件の証拠品だから、しばらく返して貰えないと思うね」

「聞いてる中《うち》に、だんだん腹が立ってくるわ。犯人にも警察にもね」

直子が、いった。

「問題はこれからだよ」

と、十津川は、いった。

「警部は犯人が、まだ京都にいるといわれてましたね？」

亀井が、半信半疑の表情で、いう。

「共犯は一億円を手に入れて京都を出てしまっていると思うが、主犯は勝利の余韻を楽しむために、京都に残っていると思っているんだ」

「京都府警だって、このまま黙ってはいないでしょうね？」

直子が、いった。

「そりゃあ、犯人逮捕と、一億円を取り返すために全力をあげると思う。面子《メンツ》がかかっているからね」

「どうやって犯人を逮捕するつもりなのかしら？」

「犯人が接触したのは、小池市長と山鉾のある町内会の町役なんだ。警察はずっと事件の外に置かれていた。町役は何よりも今日の山鉾巡行の無事を第一に考えて、警察には何の連絡もしなかったからね。最後になって、やっと連絡したが、その時には、犯人は逃げてしまって、代りに私とカメさんが捕ったというわけだよ。だから犯人を逮捕するのは、難しいと思っている」

十津川が、いった。

「あなただって、このままじゃあ、面子が立たないでしょう？」

直子が、きく。

「無性に腹が立っていますよ」

と、亀井が、顔を赤くして、いった。

「じゃあ、どうするんです？」

「それがわからなくて困っています」

「あなたは？」

直子が、十津川を見た。

「私は待っている」

と、十津川は、いった。

「何を待っているの？」

「犯人が、連絡してくるのを待っているんだ」

「連絡してくると思っているの？　何故？」

「何故かこの事件の犯人は、私に拘《こだわ》っているんだ。事件を起こす前から、私に連絡してきていた」

「それは、あなたを挑撥して犯人に仕立てあげるつもりだったんでしょう？　あなたは見事に、それに引っかかった――」

「その通りだが、私が犯人として起訴されるなんてことは考えていない筈だ」

「それはねえ」

「それに問題の発信機だが、コードが接点《プラグ》にきちんと、つながっていなくて、外れていた」

「ずさんなところがあるんじゃないの？」

「いや、あれはわざと外してあったんだと思う。別に電気溶接するわけじゃないんだ。ネジを、締めればいいだけだったんだ。そのネジが、きっちり締まっていなかった」

「わざとというのは、どういうことなの？」

「犯人は最初から、山鉾を爆破する気はなかったんだと思うね。だから下手にスイッチが入って、爆発しては困るので、わざと接点《プラグ》からコードを外しておいたのだと思うね。私たちに渡した時も、同じ配慮をしてあったんだと思っている」

「そんな優しさが、犯人にあると思っているの？」

「それは犯人の優しさじゃないよ」

「じゃあ、何なの？」

「犯人が、自分の頭の良さに酔っているせいだと思っている」

「よくわからないけど」

「犯人は、実際に山鉾を爆破しなくても、うまく脅《おど》して、一億円を手に入れることが出来ると、確信していたんだと思うんだよ。それだけ自信がある奴なんだ」

「それだけ？」

「もう一つは、犯人が、私にもう一度ゲームを仕掛けようと思っていて、その前に山鉾を爆破して、京都を混乱させたくなかったんじゃないか」

「どうして？」

「京都の町中が、警官だらけになってしまっては、そこで私相手にゲームが出来ないだろうと思っていると、私は勝手に解釈しているがね」

と、十津川は、いった。

直子は、それでも首をかしげて、

「犯人がまた、あなたにゲームを挑《いど》んでくるというのは、考え過ぎじゃないのかしら？」

「いや、犯人は、必ず連絡してくるよ」

十津川が、いったとき、彼の携帯が鳴った。

彼は、ニヤッと笑って、携帯のスイッチを押した。

「おれが、誰かわかるか？」

と、男の声が、いった。

「ああ、君からの電話を待っていたんだ」

と、十津川は、いった。

一瞬、相手は黙ってしまったが、

「おれの電話を待っていたのか？」

「ああ、そうだ。必ず、もう一度、連絡してくると思っていた」

「どうして？」

「君は、私とゲームをしたがっている。そして、第一段階では、見事に私を出し抜いて勝った。そうなると、君は更にゲームを重ねて、私に勝ち続けたい筈だ。そうじゃないのかね？」

「悪くない」

と、男は、いった。

「君は、まだ、京都にいるんだろう？　そうじゃないのか？」

「まだ、祇園祭は、終ってないからな」

と、男は、いった。

「ああ、今月一杯、祇園祭だということは知っているよ」

と、十津川は、いった。

「あとどんな行事があるか、知っているか？」

「パンフレットを見たよ」

「今日の山鉾巡行のあと、おれは、日時を決めて、あんたと、ゲームをしたいと思っている。おれは優しい人間だから、あんたにリベンジのチャンスを与えてやろうというわけだよ」

男は、恩着せがましく、いった。

十津川は、苦笑したが、

「それはありがたいね。私の面子を考えてくれたわけか」

「そうだ。今日、ゆっくり考えて、正式な日時を教える。おれとあんたの間のゲームだから、京都府警には助力なんか頼むなよ」

と、男は、いう。

「わかった。君はフェアプレイを尊重する人間だと、期待しているよ」

十津川は、わざと相手を誉めあげた。

「では、明日の昼までに電話する」

と、男は、いった。

電話が切れると、十津川は祇園祭のパンフレットを取り出した。

「警部のいわれる通りでしたね」

亀井が、眼を輝かせていった。

「ああ、私の読んだ通り、徹底的に勝ちたいのさ」

「祇園祭の間に、ゲームですか？」

「そういっている」

今日十七日に、山鉾巡行が終ったあとの祇園祭の行事は、次の通りだった。

二十三日　午前九時　献茶祭（八坂神社）
同　　　　午後五時　琵琶奉納（八坂神社能舞台）

二十四日　午前十時　花傘巡行（市役所↓八坂神社）
同　　　　午後五時　還幸祭《かんこうさい》（四条御旅所↓八坂神社）
二十五日　午後一時　狂言奉納（八坂神社能舞台）
二十八日　午後八時頃　神輿洗《みこしあらい》（四条大橋）
二十九日　午後四時　神事済奉告祭（八坂神社）
三十一日　午前十時　疫《えき》神社夏越《なごし》祭（八坂神社境内疫神社前）

十津川も、直子も、亀井も、その一つ一つの内容については、全く知識がなかった。祇園祭といえば、宵山と、山鉾巡行しか知らなかったからである。

「祇園祭が、三十一日まであるなんて、知らなかったわ」

と、直子がいったくらいだった。

亀井は、じっと、プログラムを見ていたが、

「犯人は、この中の一日に、警部と、ゲームをする気なんですかね？」

「そうだろう」

「犯人は、いろいろと知っているのかも知れませんね。ここに書かれていることについて」

「かも知れないな」

「犯人は京都の人間かしら？」

と、直子が、いった。

「何故？」

「京都人じゃなければ普通、祇園祭というと、七月十七日と、せいぜい前日の宵山のことぐらいしか思い浮べないと思うの。それなのに、この犯人は祇園祭が、七月一日から一ヶ月だと知っているし、これから月末までの一日に、あなたとゲームしようとしているわけでしょう。とすると、どうしても京都の人間じゃないかと、考えてしまうわ」

と、直子は、いった。

「しかしねえ。京都の人間が果して、祇園祭に爆弾を仕掛けるようなマネをするだろうか？」

十津川が、考え込む。

「坊さんだって、人殺しをするわよ」

直子は、そんないい方をした。

「少しばかり譬《たと》えが悪いんじゃないかね」

と、十津川は、いった。

「じゃあ、京都の人だって、殺人はするだろうという譬えならいいのかしら」

「それもちょっと違うな。京都の人間にとって、祇園祭をどう思うかということなんだ」

「難しいなぁ。私は京都の人間じゃないから」

と、直子は、いった。

「何しろ京都は千年の都で、祇園祭はその京都に延々と続いている祭りですからね」

亀井も、首をかしげている。

「愛するがゆえに、憎むということもあり得るわ」

直子が、いった。

「祇園祭を愛していた人間が、山鉾に爆薬を仕掛けるということかい？」

「金閣寺に放火したお坊さんは、金閣寺を愛していたわけでしょう」

と、直子が、いう。

「確かにあれは、金閣寺を憎むようになって放火したんじゃない。金閣寺を愛するがゆえに放火したんだ。だから犯行の動機がわからなかった」

「でも、京都を愛するからといって、祇園祭に山鉾を爆破しないとは、決められないことは、わかるんじゃないの？」

直子が、がんこにいった。

十津川も、肯いて、

「わかった。京都の人間の可能性も、考えてみよう」

と、いった。

プログラムを見る限り、今日十七日の次の行事は、二十三日午前九時の献茶祭と、同じ二十三日午後五時の琵琶奉納である。

とすれば、あと五日間は犯人はゲームを挑んで来ない筈である。

六日後の二十三日まではだ。

十津川は、その夜、電話で上司の本多捜査一課長に、今日一日のことを報告した。

「まんまと犯人に手玉に取られて、京都府警に、容疑者扱いされました」

十津川が、いうと、本多は、

「そうだろう。京都府警から、君のことを悪徳警官じゃないかと問い合せてきたよ。借金をしていて、金を欲しがっていないかともね」

と、いった。

多分、本多は、電話の向うで、苦笑しているのだろう。

「申しわけありません」

「それで、京都府警の疑いは晴れたのかね？」

「まだ、完全には晴れていないと思います。しばらく、京都のKホテルにいるようにいわれましたから。家内も疑われています」

「奥さんもかね？」

「家内の車が、一億円の運搬に使われましたから、仕方がありません」

と、十津川は、いった。

「それでどうやって、君は無実を証明する気なんだ？」

本多が、きく。

「今のところ、ありません」

「ない？」

「ええ。私は爆破用の発信機を持っていましたから」

「何故、そんなものを持っていたんだ？」

「犯人に持たされたんです。話になりません」

「犯人の心当りは？」

「それもありません」

「それじゃあ、どうしようもないじゃないか」

本多が、怒ったように、声を荒らげた。

「ただ、犯人から私あてに電話がありました」

と、十津川は、いった。

「どうしてだ？　本当なのか？」

「犯人の電話であることは、間違いありません」

「それで犯人は、何といってるんだ？」

「私と京都を舞台に、ゲームをやりたいんだそうです」

「ゲーム？　何なんだ？　それは」

本多の声が、大きくなる。

「何故か知りませんが、この犯人は私に執着しているんです。いぜんとして京都に残り、私とゲームをやりたいと、いうんです」

十津川は、繰り返した。

「ゲームというのが、よくわからんがね」

「多分、犯人にとって犯罪もゲームなんでしょう。今回、犯人は祇園祭の山鉾巡行で、山鉾に爆弾を仕掛け、京都市長と町役を脅迫して、身代金を一億円要求しました。その一方、私を挑撥して、見事に罠にかけた。犯人は、それをゲームでも楽しむように、実行したような気がするんです」

と、十津川は、いった。

「それで犯人は、今度はどんなゲームを君とやりたいといってるのかね？」

「それはまだわかりません。祇園祭というのは、七月末まで続きます。明日からの主な行事をあとから、ＦＡＸでそちらへ送りますが、犯人はその行事にからめて、私にゲームを挑んでくるといっています」

「それで自然に舞台は京都となるわけだな」

「その通りです」

「君の対策は？」

と、本多が、きく。

「次の行事は二十三日で、その間、余裕があります」

「それで？」

「京都府警や、犯人と対応した町衆と会って話を聞くつもりです。ゲームの前に、少しでも犯人が、どんな人間か知りたいですから」

と、十津川は、いった。

「君は犯人に、本当に心当りはないのかね？」

「ありません」

「しかし、犯人の方は君のことを、よく知っているんだろう？」

「そう思います」

「おかしいじゃないか」

と、本多が、いった。

「自分でも、そう思って記憶を辿《たど》っているんですが」

「とにかく今月一杯は、東京に戻って来られないということだな」

「犯人がその間に、私にゲームを仕掛けてくるといっていますし、京都府警も今いいましたように、しばらく京都に残っているように、いっていますので」

と、十津川は、いった。

「三上《みかみ》刑事部長には、何もいわずにおくよ。警視庁の刑事が、京都府警に捕っているなどと報告したら、部長は倒れてしまうかも知れないからな」

と、本多は、いった。

4

その夜、十津川は、祇園祭の行事一覧表を、ＦＡＸで、本多一課長に送った。

翌日から十津川は亀井と、京都市長や秘書、それに山鉾巡行に力をつくした町役の東田たちに精力的に会って、話を聞くことにした。

小池市長と秘書からは、くじ改めの文箱の中に、脅迫状が入っていた事情を聞いた。

「市長になって最初の祇園祭なので、そりゃあ緊張していましたよ。あがってしまって、声が出ないんじゃないか、そんなことまで心配しましたね。そんな気分で奉行役をやったんですが、最初の長刀鉾は、常に先頭ですから、くじ改めはありません。次に来た郭巨山《かっきょやま》が、くじ改めの一番目に当るわけです。文箱が差し出されて、私は中の証書を取り出しました。そこには郭巨山、山、第一番と書いてある筈なのに、脅迫文が書かれてあったんですよ」

小池は秘書にその脅迫文の写しを持って来させて、十津川に見せた。

小池は、それを見ている十津川と亀井に向って、

「何とか、勧進帳の弁慶の気持で、そこに書いてない郭巨山、山、第一番と声に出したんですが、心臓が破裂しそうでしたよ」

「郭巨山の文箱に何故、脅迫状が入っていたのか、その理由はわかったんですか?」

十津川が、きいた。

「それが、はっきりしないのです」

と、市長はいい、秘書の寺本が説明した。

「山一番の郭巨山では宵山の夜、文箱を奉行に差し出す役に当った少年が、町役に見守られて、練習をしているんです。その時には間違いなく、証書は文箱に入っていたといっています。午後十一時頃まで練習をして、文箱はその町会所におさめられましたが、カギはかかっていなかったということです。翌十七日、何の疑いもなく、少年が文箱を持って郭巨山を先導して歩き、くじ改めに向ったのです。誰も、文箱の中身が変っているとは、思っていなかったというのです」

「とすると、犯人が真夜中に町会所に忍び込んで、文箱の中をすり替えたということになりますね？」

十津川が、いった。

「そうなんですが、誰も犯人を見ていないんです」

と、寺本は当惑した顔でいった。

次に、十津川たちが会ったのは、長刀鉾町の町役の東田だった。

「あなたが、十津川さんですか」

と、東田は、じろじろと十津川の顔を見つめて、

「十津川という人は、悪徳警官とばかり思っていましたよ」

と、いう。

十津川は、苦笑するより仕方がなかった。

「それは、犯人がいったことを真に受けられたんでしょう？」

「犯人の言葉は真に迫っていたし、警視庁もいけないですよ」

と、東田は、いった。

「どういうことですか？」

「私らだって、犯人の話を簡単に信じたわけじゃありません。そこで、東京の警視庁に電話しましたよ。今、十津川という警部さんは何処にいるか、とですよ。そうしたら、はっきりしたことを、いわないんですよ。行先もちょっといえないというしね。やっぱり犯人のいうことは本当で、悪徳警官に違いないと思ったんです。あの時、警視庁が、はっきりしたことをいってくれていたら、犯人の言葉を、そのまま信じたりはしませんでしたがね」

東田は、そんなことをいうのだ。

「それは、私が京都に来ていて、それが内密になっているので、電話に出た者が、あいまいな返事しか出来なかったんだと思います」

と、十津川は、いった。

「しかし、そんなことは、私らにはわかりませんからねえ」

「犯人に、すっかりしてやられたんですよ。犯人は私が京都へ来ていることを知っていた。まだ、事件の起きる前に来ていたんだから、内密になります。当然外部から問い合せがあれば、あいまいにしか答えられない。そんなことも全て犯人は計算していたんだと思いますよ」

「私らが、警視庁に問い合せたら、そういうことになることも、犯人は計算していたということでしょうか？」

「皆さんには常識がある。犯人が十津川という男は悪徳警官だといっても、すぐには信じられない――」

「そうですよ」

「当然、警視庁に私のことを問い合せる」

「だから、そうしたんですよ」

「だから、犯人は、そのやりとりも計算していたんだと思うんです」

と、十津川は、いった。

「しかし、犯人の声は真に迫っていましたよ」

東田は、小さく溜息《ためいき》をついた。

「そんなに、うまい演技でしたか？」

「私らが何とか、祇園祭の山鉾巡行を無事にと考えて、町だけで一億円を作り、犯人に渡した時の電話が真に迫っていたんですよ。突然、電話の途中で邪魔者が、悪徳警官の十津川が、割り込んできて、一億円話に口を挟んできた、というんです。しかも発信機も奪われたので、山鉾巡行が危険だともいったんですよ。まんまとそれに欺《だま》されました」

東田は、腹立たしげにいった。

「それで、京都府警に連絡を取られたんですね」

「そうです。十津川という男は――これは、犯人がいったことなので」

「構いませんよ。犯人は何といったんですか？」

「十津川という男は、一億円を手に入れただけでは満足しない。きっと巡行を混乱させようと、山鉾を爆破させようとするというんです。それで私らは、全て内密に処理しようとしていたんですが、爆破は防ぐことが出来ないので、あわてて府警の橋本警部に連絡をしたんです」

と、東田は、いった。

聞いていた亀井が、笑い出して、

「犯人は、きっちり時間まで計算して、われわれと町役の人たちの両方を操ったんですよ。

だから私と警部が御池河原町へ駈けつけた時、府警も駈けつけていたんです。癪《しゃく》にさわるが犯人もたいしたものですよ」

十津川は、東田に向って、

「犯人とは電話でしか応対しておられないんですね？」

と、きいた。

「そうです。たとえば誘拐《ゆうかい》事件でしたら、身代金を渡す時は絶対に、犯人と会って手渡すと思うんですが、今回の場合は山鉾巡行中に脅かされました。下手に相手を怒らせると、パニックになって、祭り全体が、駄目になってしまうので、やむなく電話だけで応対し、犯人の顔を見ることなく、一億円を渡してしまったのです」

と、東田は、残念そうにいったあと、

「そういえば、あの一億円は、十津川さんの車が関係しているとか」

「そうなんです。正確には、私の家内の車ですが。車は七月十六日に盗まれ、車体の色を塗り替えられて、京都に運ばれていたのです。全て、私を今回の事件に巻き込むためのことだと思います」

「それでは犯人は、十津川さんに対して、深い恨みを抱いているということですかね？」

「私にはどうしても、犯人に思い当ることがなくて、困っているのです」

それは、自嘲の笑いだった。

十津川にしろ、亀井にしろ、これほど、犯人にいいようにあしらわれたことはなかったからである。

「電話でしか応対されなかった犯人のことですが、東田さんは、相手がどんな人間だと思われましたか？」

と、十津川は、きいてみた。

東田は考え込んだ。彼も他の町役も、慎重に言葉を選んで喋《しゃべ》っている感じだった。

「そうですね。人扱いに馴《な》れている感じでしたね。会えば多分、物静かな人かも知れない」

と、東田は、いった。

「しかし、ここに文箱に入れた脅迫文の写しがあります」

と、十津川はそのメモを前においた。

山鉾のどれかに、爆弾を仕掛けた。

巡行が終るまでに、一億円支払え。

警察には、いうな！

祭を駄目にしたくなければ平静に行動しろ！

「居丈高で、命令口調だと思いますがね」

「私も最初に読んだ時は、無礼な！　と思いましたよ。腹も立ったし、それは今もおさまっていません。しかし、その後の犯人との電話のやりとりでは、意外に落ち着いた、おだやかな性格ではないかと思いましたね。芝居がかったやり方ですが、何とか、こっちを説得しようとしているのを感じたんですよ。それが犯人の性格なのかも知れないし、或いは犯人の職業から来ているのかも知れないと思いましたね」

「職業――ですか？」

「そうです」

「どんな職業を考えました？」

「教師とか、セールスマンとかです。サラリーマンとすれば管理職でしょうね」

と、東田は、いう。

「京都の人間と思いましたか？」

亀井が、きいた。

「いや、京都の人間のアクセントじゃありませんね」

と、東田は、いう。

「しかし、祇園祭について、特に山鉾巡行について詳しいんじゃありませんか？」

「勉強したのかも知れませんし、身内に京都の人間がいるのかも知れません」

と、東田はいってから、ふと表情を変えて、

「十津川さんのようなプロの刑事さんに、聞きたいんですがね」

「何でしょうか？」

と、十津川が、いった。

「爆弾を爆発させるための発信機ですが、故障していたと、聞いたんです」

「ええ。そうみたいですね」

「それを、どう思います？」

「どうというと？」

「府警の刑事さんは、幸運だったといってくれていますがね、私はどうも違うような気がしているんですよ」

と、東田は、いった。

「つまり、犯人はわざと発信機を故障させておいたんじゃないかと思っているということですか」

と、十津川は、いった。

「そうなんですよ」

「何故、そう思うんですか？」

興味を感じて、十津川はきいた。

「十津川さんは、私に犯人はどんな人間と思うかきいたでしょう？」

「ええ」

「私は、答えながら考えていたんですよ。今でも、憎むべき犯人だと思っていますよ。私ら町衆と、あなたをうまく操って、一億円を奪い取った憎むべき犯人だとね。それでも犯人を、何故か鬼のような人間とは思えないんですよ。落ち着いた、堂々とした中年男のように感じるんです。それで発信機の件も、そんな男が簡単なミスをするだろうかと考えたんですよ。何しろ京都という町を相手に、一億円を脅し取ろうとしているんですからね。肝心の発信機に、初歩的なミスをやるだろうか。念には念をいれて、きちんと準備するのではないかと思ったんです」

「わかりますよ」

と、十津川は、いった。

「じゃあ十津川さんも、犯人はわざと発信機を故障させていた、と思っておられるんですか？」

「実は、そうなんです。甘いかも知れませんが、犯人は最初から山鉾を爆破する気はなかったと思っているんです。また、実際に爆破しなくても、一億円を手に入れる自信があったのではないかと思うんです」

「何故、そう思うんですか？」

「犯人は東田さんたちと私を、巧妙に操って、町衆から一億円を奪い取っただけでなく、刑事の私を容疑者に仕立てることにも成功しています。自分のそうした能力というか計画に、絶対の自信を持っていたような気がするんです」

「つまり、犯人は両方を狙ったということですか？」

「そうではないかと思うのです。犯人は、そのくらいのことは出来ると、思っていたんでしょう」

「一億円は金が欲しいということで、納得できますが、あなたを罠にかけるというのは、やはりあなたに恨みを持っているということですか？」

　東田が、きく。

「それで、私を憎んでいると思われる人間のことを、考えてみているんですが、それらしい人間も、事件も思い出せないので、困っているんです」

「犯人は現職刑事の十津川さんを、罠にかけた。しかし、あなたを殺そうとしているようには思えない。殺したいのなら、どれかの山鉾ごと爆破して、あなたを殺すことだって出来たわけですからね」

と、東田は、いった。

「そのことも考えました」

「それで十津川さんは、どう考えたんですか？」

「犯人は多分、私にゲームを仕掛けたんだと思います。舞台は京都の祇園祭。私が犯人を捕えられるか、犯人がまんまと一億円を手に入れるかのゲームです」

と、十津川は、いった。

「ゲームというのは、穏やかじゃありませんね。何故犯人は、あなたにゲームを仕掛けるんですか？　この京都の祇園祭を舞台に。そんなことは許されませんよ」

東田は、真顔で、いった。

「よくわかりますが、犯人はゲームをやってる気なんですよ」

と、十津川は、いった。

そのあと、東田と別れてＫホテルに戻ると亀井がきいた。

「何故犯人から、ゲームをしたいという電話があったことを、東田さんや府警に話されなかったんですか？」

「話そうかとも思ったよ」

と、十津川は、いった。

「しかし今の段階で、犯人が私にどんなゲームを仕掛けてくるのかわからない。私が府警や町衆に話すことが、犯人を利することになるかも知れないと思って、止めたんだよ。何をするかわからない犯人だからね」

第四章　キッドナップ

1

七月二十三日。

今年は梅雨が早く明けたせいで、京都は連日の暑さである。

その日も十津川たちは、Ｋホテルで眼をさまし、うんざりする眼で窓の外を見た。

朝から暑そうである。

「今日は、二十三日ですよ」

と、朝食の時、亀井がいった。

「わかっている。午前九時から献茶祭、午後五時から琵琶奉納、どちらも八坂神社で行われる」

と、十津川は、いった。

「その二つは、どんな行事なの？」

直子が、きく。

「わからないが、文字を見ると、だいたいの想像はつくよ」

「つまり、八坂神社にお茶を献上するのと、琵琶を奉納するというわけ？」

と、直子が、笑う。

「ああ、そんなところだろう。祇園祭本体が、八坂神社の祭りなんだから」

と、十津川は、いった。

バイキング形式の朝食をすませると、直子は京都市内を見物してくるといって、出かけて行った。

昼を過ぎたが、犯人から十津川への挑戦の電話は、入って来なかった。

午後三時、直子が、帰って来た。

十津川が、京都の印象を聞くと直子は、

「とにかく、暑いわ」

と、笑った。それでも八坂神社へ行き、三人分のおみくじを買ったという。

十津川の分は、小吉となっていた。

〈旅行は凶、待ち人来る〉

と、なっていた。

「京都へ来たのが旅行なら、ここへ来たのが凶ということかな」

「待ち人というのは、犯人のことでしょうか？」

亀井が、のぞき込んだ。

「別に私は、待っているわけじゃないがね」

と、十津川が、いった時、彼の携帯が鳴った。

十津川は、ぎょっとした顔になった。

だが、聞こえたのは、

「京都府警の橋本です」

と、いう声だった。

「六角通烏丸入ルに木村《きむら》屋という京菓子の店があります。そこへ至急来て頂きたいのです」

固い緊張した声だった。

「何か、事件ですか？」

と、十津川は、きいた。

「こちらへ来て頂いた時に、お話しします。電話では説明できないので」

と、橋本は、いう。

十津川は、亀井だけを連れて行くことにした。妻の直子には、

「君はホテルで待っていても、出かけていてもいい」

「何か事件なの？」

「そうらしいんだが、話は会ってからといっている」

と、十津川はいい、何かあったら、携帯に電話するようにいって、亀井とホテルを出た。

タクシーで六角通烏丸入ルに向う。

あの山鉾《やまほこ》巡行の日の賑《にぎ》わいが嘘のように、今日は静かである。

ただ、タクシーの窓を通して突き刺すような夏の陽は強烈だ。

クーラーは強にしてあるのだが、それでも、やたらに暑い。

「ここですよ」

と、運転手にいわれて、二人はタクシーをおりた。

京都の人にいわせると、市の中心街は、碁盤の目になっているから、わかり易いという

が、他所者《よそ》の十津川には、かえってわかりにくい。

「この近くの木村屋という、京菓子の店だということなんだが」

と、十津川は、周囲を見廻した。

「木村屋というと、ひょっとして――」

と、亀井が、首をかしげた。

「カメさんの知っている店か？」

「いえ。知りませんが、確か今年、長刀鉾《なぎなたほこ》の稚児《ちご》さんに選ばれたのが、木村何とかという京菓子の家の長男とか、新聞に出ていましたよ」

「そういえば、二百年続いた京菓子の家とかいわれていた」

と、十津川も肯《うなず》いた。
五、六メートル歩いて、その家が見つかった。

〈京菓子　木村屋　創業天明七年〉

の横長の看板があったが、店は閉っていた。

小さなくぐり戸が開いて、橋本警部が顔をのぞかせて、手招きした。

二人が中に入った。奥に案内される。

そこで矢内原《やうちはら》という警部に紹介された。長身で若く、いかにもエリートの感じのする男だった。

矢内原は、その店の主人夫婦を紹介してくれたが、二人とも暗い顔で、妻の恵子《けいこ》の方は眼を朱《あか》くはらしていた。

「この家の長男の大介《だいすけ》君が、誘拐《ゆうかい》されたんです」

と、矢内原が小声でいった。

「大介君というと、確か今年の稚児さんだったたんじゃありませんか?」

「そうです」

「その稚児さんを誘拐した奴が、いるんですか?」

十津川がいうと、主人の木村は、

「山鉾巡行が終了したあと、八坂さんから頂いた五位の位は返上しましたので、今は、ただの小学五年生に戻っています」

と、いった。

十津川は、七月三十一日までの祇園祭の間は、ずっと稚児さんでいるのかと思っていたのだが、あれは、山鉾巡行までで、八坂神社に返して、もとの小学生に戻るらしい。

大きなパネル写真が飾ってあった。

長刀鉾の上で刀を振りかざし、注連縄《しめなわ》を切っている稚児さんの写真だった。それが、この木村家の長男なのだろう。

「詳しいことを聞かせて下さい」

と、十津川は、いった。

矢内原警部が答えた。

「今日は大介君の学校の授業は午前中で終りなので、一時までには帰宅する予定だったんです。しかし、一時を過ぎても帰って来ない。ただ、友だちと遊んでいることもあるので、ご両親はあまり心配していなかったそうなんです。二時になって電話があり、奥さんが出ると、男の声で、稚児さん役の大介君を誘拐したといわれたんです。それで急いで、われわれが、駈けつけたわけです」

「そのあとも犯人から、連絡があったんですね？」

「午後三時に電話が入りました。これは録音してありますから、聞いて下さい」

と、矢内原はいい、録音テープを聞かせてくれた。

男「木村さんか？」

木村（父）「そうです。本当にうちの息子は、誘拐されたんですか？」
男「そうだ。おれたちが預かっている」
木村「では、息子の声を聞かせて下さい」
男「おれの仲間のところだから、今は無理だ」
木村「それでは、信じられない」
男「面倒な男だな。あんたの息子の大介は、今日、五百円貰って、学校へ来てたよ。昼食は家に帰ってから食べることになっているが、お腹がすいたら、その五百円で何か買って食べるようにいわれている。大介の好きな食べものは、K店の京風ラーメン、それから――」
木村「わかった。わかりました。いくら欲しいんです？」
男「五千万。明日の正午までに、用意しろ」
木村「わかりました。大介を無事に返して下さい。お願いします」
男「おれだって、殺したくはないさ。あんたが、おれのいう通りに動けば、息子は無事だ。ああ、そこに刑事がいるだろうから、出してくれ」
矢内原「京都府警の矢内原だ」
男「矢内原さんか。あんたに頼みがある」

男「五時に十津川に直接話すよ」
矢内原「何の用があるんだね？」
男「京都に警視庁の十津川という警部が、来ている筈だから、五時までに呼んでおいてくれ。五時にまた電話する」
矢内原「何んだ？」

それでテープは終りだった。

「携帯からかけているのは、わかりましたが、車に乗って移動しているらしく、場所は、特定できませんでした」

と、矢内原は、いってから、急に強い眼になって、

「十津川さんは犯人と、知り合いですか？」

「いや、私には、全く心当りはありませんが、ひょっとすると、何らかの理由で、私を恨んでいる男かも知れません」

と、十津川は、いった。

午後五時に電話が鳴った。受話器を取った木村がすぐ、

「十津川さんにです」

と、いった。

十津川が受話器を受け取った。

「十津川だ」

「おれだよ」

と、男がいった。あの声だった。

「何の用だ？」

と、十津川は、きいた。

「ゲームだよ。約束したゲームを、これから始めるんだ。賭けるのは五千万円の現金と、小学五年生の命だ。それもただの男の子じゃない。正五位の稚児さんの命だ」

男が、まくし立てるように、いった。

「これはゲームじゃなくて犯罪だぞ」

と、十津川は、いった。

「いや、犯罪者と刑事との戦い、すなわちゲームだよ」

と、男は楽しそうに、いってから、

「これは、勝手にやめることの出来ないゲームなんだ。あんたが棄権したら、あの子は死ぬ」

「どういうことだ？」

「わからないのか。片方が棄権すればゲームは成立しなくなる。そうなったら、おれは面白くなくなって、人質は足手まといになってくる」

「わかった。ゲームに応じよう」

と、十津川は、いった。

「それでこそ名警部だ。明日の正午に電話をするから、その時に、そこにいるんだ」

男は、それだけいって、電話を切った。

2

「誘拐がゲームだなんて、この犯人は頭がおかしいんですよ。そうとしか思えませんね」

亀井が、腹立たしげにいった。

「しかし、このゲームには子供の命が、かかっているんだ。それは犯人のいう通りで、私は勝手にこのゲームから下りられないんだよ」

と、十津川は、いった。

木村が頭を下げて、

「犯人の気持はわかりませんが、息子のためにお願いします。犯人の要求に応じて下さい。お願いします」

と、繰り返した。

矢内原警部の方は冷静に、

「府警としても、何よりも人質の生命第一に行動したいと思っています。それにしてもこの犯人は、何故十津川さんにこんな理不尽なゲームを要求してくるんでしょうか？　私には犯人が、十津川さんのことを、よく知っているとしか思えませんがね」

「確かに私もそう思いますが、男の声に記憶がないんですよ」

と、十津川は、いった。

「十津川さんが、過去に逮捕した犯罪者ということは考えられませんか？」

「それも考えているんですが、これはという男は思いつかないのですよ」

と、十津川は、いった。

「まあ、明日からの犯人の出方で、自然に犯人の姿もわかってくると思いますが、その途中で何か思い出されたら、すぐ、われわれに話して頂きたい」

と、矢内原は、いった。

十津川と亀井は、ホテルには戻らず、木村家に泊り込むことにした。

ホテルにいる直子には、ただ、急用が出来たとだけいった。それだけで、わかってくれると思っている。

翌日、店の表には、「臨時休業」の看板を出した。

午前九時を過ぎて銀行が開くと、五千万円の現金を運ばせた。

正午に犯人から、電話がかかった。

最初は主人の木村が応対した。

「木村です」

――五千万円は用意出来たか？

「ええ。一万円札で五千万です。ここにあります」

――念を押すが、札の番号なんか控えてないだろうね？

「そんなことはしてませんよ。私たちは、息子さえ無事に返して貰えればいいんです。お金は惜しくありません」

――いい心掛けだ

「これから、どうしたらいいんですか？」

――一時までに、ルイ・ヴィトンのボストンバッグを用意しろ。五千万円が入る大きさで、

クラシックなロゴマーク入りのバッグがいい。おれは新柄のルイ・ヴィトンは嫌いなんだ

「五千万円を払えば、息子を無事に返して貰えるんでしょうね?」

——おれは、血を見るのが嫌いなんだよ

「今日は、大介の声を聞かせて貰えるんでしょうね」

——警察にそういわれているのか? 息子の声を聞くまでは、身代金は払うなとでも

「私も家内も、あの息子が命なんです。息子の声を聞かせてくれれば、あなたを信用出来ます。だから聞かせて下さい。お願いします」

——いいだろう。今聞かせてやる

大介の声「パパ、ママ、ボクです。助けて。お願いです」

これだけだった。木村は、

「私に大介と会話させて下さい」

と、頼んだ。

——駄目だ。これで身代金を払いたくないのか? 勝手にしたらいい

「わかりました。どうしたらいいのか、いって下さい」

——午後一時に、また電話する。その時までに、おれのいった通りにルイ・ヴィトンのバッグに、五千万円を入れておけ。妙な小細工をするな

「小細工って、何のことですか？」

——バッグに小型発信機を埋め込んだりするなということだよ。午後一時に電話した時は、すぐ十津川に代れ

電話が切れると木村恵子がデパートに、五千万円の入るルイ・ヴィトンのバッグを買いに走った。

それに、五千万円の札束を詰め込む。その時に京都府警と木村家の間で、小さないさかいがあった。

矢内原はバッグの底に、超小型の発信機を埋め込みたいと提案した。それに木村夫婦が強硬に反対したのだ。

「犯人はそんなことしたら、人質を殺すといってるんです。危険なことは止《や》めて下さい」

と、木村はいい、妻の恵子も反対した。

だが矢内原は、発信機に執着した。

「犯人が特にそんなことをいったということは、それだけ発信機を恐れているということ

です。今は非常に秀《すぐ》れた、超小型の発信機が出来ていますから、発見されることは、まずありません。今までにも何度か成功しています。十五、六分あれば、わからないように、バッグの底に埋め込むことが可能です」

「でも、万一、失敗して見つけられたら、どうするんです？　息子が死ぬことになるんですよ」

木村夫婦は怒り、哀願した。

結局、結論が出ない中《うち》に午後一時になって、電話が鳴った。

救われたように木村が受話器を取った。

「はい。ルイ・ヴィトンのバッグに、五千万円を入れて用意してあります。もちろん発信機なんか、つけてありません」

と、喋《しやべ》り、その上で十津川に受話器を渡した。

「十津川だ」
と、いった。
――いよいよ、楽しいゲームを始めるぞ
「どんな風に始めるんだ？」

——五千万円の身代金は、あんたが運ぶんだ
「いいだろう。何処に運べばいい？」
——そんなにあわてなさんな。お互いにゆっくり楽しもうじゃないか。ゲームなんだから
「大介君のご両親のことを考えたまえ。お二人にとって、ゲームなんかじゃないんだ」
——相変らず、おかたいことだ。まあ、いいだろう。ルールを決めよう
「ルール？」
——逃げるのがいかにも犯人らしい男で、追いかけるのが刑事じゃ、つまらないじゃないか。だからそれを変えるんだ
「誘拐事件で追っかけるのは、刑事と決っている」
——だが、形だけ変えたいんだよ。あんたには女装して貰う
「ふざけてるのか？」
——そうさ。おれはふざけてる。悪いか！　あんたがノーなら、人質は死ぬぞ！
「時間がかかる」
——いいさ。ゆっくりやれよ。そこの奥さんは大柄だから、彼女の着物は着られる筈だ。彼女に教えて貰って着るんだな。おれはあんたの女装姿を見たいんだよ
「私が着物を着るのか」

——女装だ

「時間は、どのくらい許されるのかね？」

——午後五時にもう一度、電話する。それまでに、魅力的な女になっていてくれ

「あんたは、どうするんだ？」

と、十津川は、反撃した。

——おれ？

「そうだよ。これはゲームなんだろう。ゲームは対等じゃなくちゃ、面白くない筈だ。私が女装するのはいい。だが、あんたは何もしないのか？　それじゃあ、ゲームにならないだろう？」

——おれは、もう女装しているよ

「え？」

——驚くことはないだろう。おれはいい女になってる。どんな女かはいえないがね。いつか会うだろうから、その時が楽しみだよ

「それは、本当だろうね？」

——おれは警察と違って、嘘はつかないさ

電話が切れると、十津川は小さな溜息《ためいき》をついた。

「犯人は、私に女装しろといっている」

「ふざけてるんですか？　犯人の奴は」

亀井が、いう。

「そうならいいが、犯人は大まじめだ。私が女装しなければ、このゲームは中止だといっている」

「それにしても、無茶苦茶な要求ですよ」

「多分、女装させるのは、目立たせて、われわれの動きを鈍くさせようと考えているんだと思う。十津川さんが、着物姿だったら、自分で犯人と格闘することは不可能だしね。となれば、やはり、ボストンバッグの底に、発信機を取りつけるのがベストだ」

と、矢内原が、いった。

「止めて下さい！」

と、木村恵子が、叫んだ。

全員の眼が、彼女に注がれる。

恵子は、眼を大きく見開いた。

「私の大介を助けて下さい。頼みます。発信機はやめて下さい。大介が危くなります。それから十津川警部さん。気が進まないのは、よくわかります。でも大介を助けるために、お願いですから我慢して下さい。大介が助かったら、どんな償いでも、させて頂きます」

その言葉に、一瞬、みんな押し黙ってしまった。

最初に口を開いたのは、十津川だった。

「奥さん」

と、十津川は、恵子に声をかけた。

「私に似合う着物を探して下さい」

「ありがとうございます」

恵子が、頭を下げた。

十津川は、亀井に向って、わざとおどけて、

「実は、一度は、女装をしてみたかったんだ」

「結構、似合うかも知れませんよ」

と、亀井は、応じた。

恵子が、いく通りかの着物を抱えて、持って来た。

「夏ですから、絽《ろ》の着物がいいと思いますけど」

「何でもいいですよ。私には、よくわからないから」

「そうはいきません。美しく着飾って差し上げたいと思います」

と、恵子は、いった。

彼女はまず、十津川を鏡の前に座らせ、顔の化粧から始めた。

それは奇妙な体験だった。

丁寧にひげを剃《そ》り、むしタオルできれいに拭《ふ》いてから、ファンデーションをぬる。

ひんやりした感触が、なぜか心地良かった。

「警部さんは色が白いから、化粧映えしますよ」

と、恵子は、励ますようにお世辞をいう。

眉を細目に整え、アイシャドーをほどこす。

口紅を塗る前にかつらをのせ、それに合せて色を決める。

口紅をぬると、女の顔が出来あがった。

「美人ですよ」

と、亀井が、ほめた。

十津川は、照れて、

「よせよ」

と、手を振った。

最後に着付けになった。

「上品な方がいいでしょうね」

と、恵子が、いい、無地の紹の着物が選ばれた。

時間がかかった。

立派な一人の女性が出来あがった時は、四時半を廻っていた。

「大女だな」

と、十津川が呟《つぶや》くと、

「今はこれくらいの女性は、沢山いますよ」

亀井が、また、励ました。

電話が鳴った。午後五時。

「私が出る」

と、いって、十津川が受話器を取った。

「十津川だ」

「その調子だ。どうやら、女になったらしいな」

「手っとり早くすませて、一刻も早く、子供を両親のもとに戻したい。どうしたらいいか、いってくれ」

と、十津川は、いった。

「五千万入りのルイ・ヴィトンのバッグとあんたの携帯を持って、その家を出て、タクシーに乗るんだ。そのあとの指示は、携帯に伝える」

と、犯人はいった。

十津川は、立ち上った。

恵子が扇子とハンカチを渡してくれた。

府警の矢内原は、用意してきた日傘を差し出した。

「まだ、西陽が強いから、これを差した方がいいですよ。顔をかくすことも出来るし、いざとなれば、武器にもなる」

「お借りしますよ」

と、十津川は、いった。

(柄《え》のあたりに、発信機を埋め込んであるのかも知れないな)

と、思った。

そのくらいのことは、しかねない男なのだ。

(まあ、いい。いざとなれば、投げ捨ててしまえばいいんだから)

と、外に出ながら十津川は思った。

タクシーを拾う。

「何処まで？」

運転手がきく。それを黙って手で制している中に、携帯が鳴った。

「おれだ。清水寺《きよみずでら》へ行け」

と、男が、いった。

「清水寺」

と、十津川は、運転手に、いった。

運転手が、「えっ？」という顔で、バックミラーをのぞき込んだのは、男の声だったからだろう。

十津川は構わずに眼を閉じた。

タクシーは走り出した。

清水寺下の駐車場で、タクシーをおり、十津川は日傘を差し、片手にボストンバッグを下げて、清水寺への坂を登って行った。

相変らず、観光客の姿が多い。

道の両側はずらりとみやげもの店だ。着物の裾がまきつく感じで、どうも歩きにくい。

それに草履《ぞうり》も少し小さいのだ。

歩いている中にまた携帯が鳴った。

「まっすぐ、清水寺の舞台に進み、一番前に立て」

と、犯人が、いった。

清水寺の階段をあがる。観光客はぞろぞろと、有名な舞台の方へ歩いて行く。

十津川も木組みの舞台の前の方へ進んでいった。

京都の市街が、眼下に広がっている。

舞台の一番前に進み、そこで止まる。

「日傘をたためよ。きれいな女の顔を拝見したいんだ」

と、犯人が、いってくる。

十津川は、日傘をたたんだ。

「そうだ。それでいい。なかなかいい女じゃないか」

「何処にいる?」

十津川は、周囲を見廻した。犯人は、どこかで、こちらを監視しているのだ。

「駄目だよ。いくら見たって、おれは見つからないよ」

犯人が、いう。

向うがこちらを見ることが出来るのなら、こちらの視界に犯人も入っている筈ではないのか。

相手は今、携帯をかけ、こちらを見ている筈なのだ。

だが、携帯を耳に当てている人間が、やたらに多い。

「男を探したって駄目だぞ。電話でいったように、おれも女装しているんだ」

と、犯人は楽しそうに、いう。

「あんたのすぐ背後《うしろ》にいるかも知れないぞ」

その声で、十津川は、あわてて、自分の背後を見た。

とたんに犯人が、笑い声をたてた。

「刑事がそんなに信じ易いんじゃ困るんじゃないのかね。刑事はもっと疑り深い方がいいな」

と、犯人は、いった。

「ゲームを進めよう。これからどうしたらいい？」

十津川は声を小さくして、いった。

「いい傾向だ。あんたも自分の方からゲームをする気になったらしいな」

「いいから次は、どうしたらいい？」

「そこから出て、タクシーに乗り、木屋町《きやまち》正面上ルに行け。そこに、ラ・フランスという古い喫茶店がある。そこでアメリカンを注文して待て」

と、犯人は、いった。

十津川は、清水寺を出ると、また、タクシーを拾った。

犯人にいわれた通り木屋町正面上ルと、運転手に告げる。

鴨川の近くだった。

ラ・フランスという喫茶店は、すぐわかった。

中は、うす暗く、古い柱時計やアンティークの椅子、テーブルが並んでいた。

シャンソンがかかっていた。

十津川は、奥のテーブルに腰を下し、アメリカンを注文した。

テーブルの上に携帯を置いて、犯人からの連絡を待つ。

客はほとんど入って来ない。この店自体、忘れられてしまっている感じがした。

六十歳くらいのママがいるのだが、カウンターの奥で眠っているみたいに見える。レコードでシャンソンの一曲が終ると、それを、かけかえているだけだ。
十五、六分した時、背の高い女が入って来た。
彼女はカウンターに腰を下し、コーヒーを注文してから、じっと、十津川の方を見ていたが、やおら自分のコーヒーカップを持って、近づいてきた。

背が一八〇センチ近くあり、タイトスカートが、長身に、良く似合っていた。
彼女は黙って、十津川の横に腰を下した。
じっと、十津川を見つめる。
その時になって、
（男じゃないのか？）
と、感じた。
顔の線に、女性特有の柔らかさがないのだ。
（犯人か？）
と思った。犯人も、電話で、「おれも、女装している」と、いっていたからだった。
（声が聞ければ、わかるのだが）
と、思い、十津川は、
「次は、どうするんだ？」
と、きいた。
相手は、口に指を当てて、「しーっ」と、いった。
そのまま相手は立ち上って、従《つ》いて来いというように、手招きした。
店を出る。

そこにマツダのロードスターがとまっていた。真っ赤なオープンカーである。

乗れというように、ジェスチャーを見せ、自分は運転席に腰を下した。

十津川は助手席に腰を下し、膝の上に、五千万の入ったバッグを抱えた。

車がスタートする。

十津川には、何処をどう走っているのか、わからなかった。

やがて、四条通りを西に向って走っていることだけは、わかった。

十津川は、じっと運転席の男を観察し続けた。

アイシャドーをし、ピンクの口紅をぬり、ハンドルを握る手には、赤いマニキュアがしてある。

厚化粧した顔は女に見える。が、男であることは、もう間違いないと思っていた。

問題はこの男が、犯人かどうかということだった。

殴りつけて、誘拐した木村大介の居所を、吐かせてやりたい。

それを抑えているのは、共犯がいると、思っているからだった。

その共犯者は、何処かに人質を監禁しているに違いなかった。

この男を主犯として捕えても、男が戻らなければ共犯が、人質を殺すのではないか。それを十津川は恐れていた。

京福《けいふく》電鉄嵐山線の踏切を過ぎた。
やがて、川にぶつかった。
桂川という標識が見えた。そこから、右に折れて、川沿いの土手を走る。
川岸には、釣りをしている人が見えた。
「何処へ行くんだ？」
と、十津川は、きいたが、男は黙っている。
前方に、橋が見えてきた。渡月橋《とげつきょう》らしい。
(そんなところへ来たのか)
と、思った時、車は土手を離れて、脇道に入り、一軒の日本家屋の前でとまった。
二階建の大きな家だが、なぜか表札は、見当らなかった。
男は、さっさと車をおりて、家の中に入って行く。
(ここに、人質を監禁しているのか？)
十津川は、首をかしげながら、男に従いて、家の中に入って行った。
とたんに、十津川は眼を剝《む》いた。
広間に、十人を越す女たち、いや、男たちが、集っていたからである。
洋服姿もいれば、着物姿もいる。

二十代もいれば、四十、五十という中年もいる。

痩《や》せた女、いや男もいれば、太った女、いや男もいる。

香水のかおり、白粉《おしろい》の匂い、目まいがするような強烈さだった。

(失敗《しま》った！　間違えたか)

と、十津川が、立ちつくした時、彼を連れて来た男が、彼の腕をつかんで、

「皆さん！　新しいわれらのお仲間を紹介します」

と、そこにいる仲間に声をかけた。

わあっと、集ってくる。十津川は、後ずさりして、

「違うんだ！」

と、叫んだ。

だが、彼等の手が、次々に、伸びて来て、十津川の着物に、触ってくる。

「きれいな着物！」

「高いんでしょそれ」

「何処で、作ったの？」

「一度、着せて貰えないかしら？」

他の女、いや男がルイ・ヴィトンのボストンバッグに、手を伸した。

「止めろ！」

と、思わず十津川は、怒鳴った。

その声で、この場の空気が一変した。全員の表情が、変ってしまったのだ。

自分たちの仲間を見る眼だったのが、一変して、異分子を見る眼になっている。いや、敵を見る眼つきだった。

（失敗《しま》った！）

と、思った。

（こちらは、君たちの敵じゃない。ただ、間違えて、ここへ来てしまったのだ）

と、伝えようとしたが、凶悪犯相手なら、どんな対応でも出来る十津川なのに、今、眼の前の女たち、いや、男たちに対しては、どう対応していいか、わからないのだ。

十津川は彼等に対して、片手で制した。

「いいか。君たちの遊びに、干渉する気はない。大人しく退散する」

「関係のない人間が、どうして女装している？」

「刑事じゃないの？」

「何でもないというんなら、そのバッグの中身を、見せなさい！」

男の声になっていた。

もう、シナを作っていない。女の顔と、服装なのに、男の声で、怒りを十津川に向けてきているのだ。

その異様さが、怖かった。

十津川は、後ずさりしながら、

「駄目だ。バッグに触るな」

努めて感情をおさえて、いった。

突然、誰かが背後から、鈍器で十津川に殴りかかった。

背中に、痛みが走った。

「止めなさい！」

と、叫んだ。

が、十津川は、自分が、女装しているのを、忘れてしまっていた。

女装して、かつらをかぶり、口紅をさしている。今、眼の前にいる男たちは、十津川には、異様に見えたのだが、十津川自身も、異様なのだ。

口調や、態度だけが、刑事に戻っていた。

一瞬、睨み合いになった。

十津川が、一歩退《さが》った。

その動作が、均衡を破ってしまった。

わあッと、悲鳴ともわめき声ともつかぬ大声をあげて、彼等が十津川に向って、殺到してきた。

十津川は、一人を日傘で、殴り倒した。が、たちまちその日傘を奪い取られた。

あとは、もうただの修羅場になった。

十津川は、殴られ、蹴られ、噛みつかれた。

意識が次第にうすれてくる。そのうすれていく意識の中で、

「警察だ！　全員、逮捕するぞ！」

と、いう声を聞いた。

3

時間というのは、あやふやなものだ。

長い夢を見ていたと思うのに、目が覚めてみると、一時間も眠っていなかったりする。

十津川も、長い夢を見ていた。

子供の時の夢だった。小学生か中学生かわからない。忘れ物をして延々と、教師に叱ら

れている。それが誰かに追われて逃げているシーンになる。
逃げても逃げても、追いつかれそうになる。足が動かない。
眼を開いた。
天井が見えた。変な天井で、万国旗の飾りみたいなものが見える。
それと、むせかえるような香水と、化粧品の匂い。
少しずつ、記憶が戻って来る。
女装した男たちが、集って騒いでいるところへ、迷い込んでしまったのだ。
十津川は、はね起きた。
身体中が、痛い。
着物の帯が解けて、前がはだけてしまっている。
十津川は、周囲を見廻した。
(無い！)
と、思った。
五千万を入れたルイ・ヴィトンのボストンバッグが消えてしまっている。
血の気が、引いていく。
しかし、呆然《ぼうぜん》としているわけにもいかなかった。

落ちている携帯を見つけて、亀井にかけた。

「何処ですか？　何処におられるんですか？」

と、亀井が、大声で、きく。

「連絡が取れなくなったんで、探していたんですよ」

「今、何時だ？」

「午後九時を廻ったところです。何処にいるか、教えて下さい！」

と、亀井が、叫ぶ。

彼の背後で、「何処にいるんだって？」「何をしているんだ？」という声が、聞こえている。

「ちょっと待ってくれ」

と、十津川は、いった。

腕時計は、こわれてしまっていた。十津川は部屋を出て、玄関に向った。

外に出る。

暗い。

前方の土手の上を、ライトを光らせて、車が、走って行く。

「桂川の近くだ。二百メートルほど先に、渡月橋が見える。土手の上の道路を、脇に入った二階家だが、表札が出ていない」

十津川は携帯で、亀井に知らせた。

「どうしてそんなところにいらっしゃるんですか?」

「それが、わからん」

十津川は、声を小さくして、いった。が、亀井の声が、別の人間に代って、

「矢内原です。身代金は無事ですか?」

大声で、きく。

「奪われました」

と、十津川は、いうより仕方がない。

「それで人質の子供は、どうなりました?」

「帰っていませんか?」

「帰っていないし、犯人から何の連絡もありません。どうなっているんですか!」

叱りつけるようないい方だ。

「私にもわかりません」

十津川は、正直に、いった。
十五、六分して、パトカーがけたたましいサイレンをひびかせて、一台、二台と駈けつ

けてきた。

十津川は屈辱をこらえて、刑事たちを迎えた。

府警の矢内原には、自分が犯人に、いいようにあしらわれた経緯を説明しなければならない。

「とにかく、何があったのか、話して下さい。最初からよくわかるようにです」

矢内原はまるで訊問する口調だった。

そんな態度を取られても、仕方がなかった。五千万円の身代金を奪われた上、人質は帰って来ないのだ。

十津川は清水寺の舞台でのことから、ラ・フランスという怪しげな喫茶店へ行ったこと、女装の男が現われたので、犯人と思い込み、この家へ従いて来て、女装グループの会合にぶつかってしまったことを、淡々と話した。

彼等に襲われて気を失ったが、その寸前、「警察だ！」という男の声を聞いたことも話した。

矢内原は、眉をひそめて、

「われわれは、あなたに連絡が取れなくなって、必死で探し廻っていたんですよ。警察があなたを助けに、飛び込んで来たというのは、信じられませんね」

「そうなんです。今になると、あれは警察ではなく、犯人だとわかります」

と、十津川は、いった。

犯人はわざと、十津川に女装させ、自分も女装していると話した。

十津川はその先入感で、動いてしまったのだ。近づいて来た女装の男を、犯人か、その仲間と思い込んで、従いて行ってしまった。

犯人はそれを計算して、女装趣味の連中に、十津川を襲わせたのだろう。

時間を見はからって犯人は、刑事になって現われ、女装趣味の連中を追い払い、五千万円入りのボストンバッグを持ち去ったのだ。

「これから先は府警がやりますから、十津川さんはお休み下さい。お疲れでしょうから」

と、矢内原は皮肉めかして、いった。

十津川は木村家に行き、夫婦に詫びたあと、着物を返した。

その冷たい眼が、十津川には一番こたえた。

亀井とKホテルに戻った。

待っていた妻の直子にも事件の全てを話した。

「犯人にしてやられたわけね」

と、直子は、笑った。

「ああ、いいように、あしらわれた。完敗だ」

十津川は、溜息まじりに、いった。

「これから、どうするつもり？」

「京都府警は、私に委《まか》せておけないといったよ」

「それが当然ね」

「だから表立って私は、もう今回の誘拐事件に関係出来ない」

「でも、このまま黙っているつもりはないんでしょう？」

直子が挑撥するように、十津川を見つめた。

「ああ、犯人とのゲームはまだ終ったわけじゃないからね」

と、十津川は、いった。

「それで、どうするの？」

「何だか面白がっているみたいだな？」

「最近、少しばかり天狗《てんぐ》になってたから、たまには、ギャフンとした方がいいと思ってる。でも、私の大事な旦那さまだから、負けてシュンとしているのを見ているのも辛いわ」

と、直子が、いった。

「ああ、腹が減った」

急に、十津川が、大声を出した。

「考えてみたら、夕食を食べてないんだ」

「すぐ、ルームサービスを取りましょう」

ほっとした声で、亀井が、いった。

「じゃあ、フランス料理のフルコースでも取りましょうよ。それにビールも飲みたいわ」

と、直子が、いった。

同じ部屋に食事を運んで貰った。

食事の途中で、十津川の携帯が鳴った。

十津川は、直子と亀井に向って、

「多分、犯人だ。勝利宣言でもするつもりだろう」

と、いった。

やはり、犯人からだった。

「どうしているか、心配になってね」

と、犯人は、いった。

「人質は、返すんだ」

と、十津川は、いった。

「それは駄目だ」

「何故？」

「おれはいった筈だ。これは五千万円の身代金と人質の命をかけたゲームだって。あんたは敗けたんだから、おれに要求する権利はないんだよ」

と、犯人は、いった。

「どうしたら、人質を返すんだ？」

「そうだな。一つだけ方法がある」

「どんなことだ？」

「あんたが警察を辞め、二度と戻らないということになったら、人質は返してやるよ」

「――」

「簡単なことじゃないか。辞職願を出して、二度と刑事にはならないと誓えばいいんだ。それで人質の命が救えるんだよ」

「駄目だ」

「そんなに刑事の椅子に未練があるのかね？　子供の命より刑事の椅子が、大事か。役人根性丸出しだね」

「いいか。私が刑事でいたいと思うのは、お前を逮捕して刑務所へ放り込んでやりたいからだ。覚えておけ！」

と、十津川は、いった。

「おやおや、勇ましいことだが、もうこの事件であんたは外されて、京都府警が解決に当ることになったんだろう。おれもあんたみたいな頭の悪い人間と、これ以上、ゲームを続ける気はないんだ。残念だがね」

犯人はそれだけいって、電話を切ってしまった。

亀井は食べるのをやめて、じっと十津川を見ていたが、

「やっぱり、犯人からかったですね」

「ああ。私に電話して自分の勝利を確信したかったんだろう。それが犯人の性格みたいだな」

と、十津川は、いった。

「自分一人でじっと、勝利を嚙みしめているタイプではないということですか？」

「よくあるタイプだよ。ライバルが参ったといってくれないと、自分の勝利を確信できないタイプだ」

「厄介な人間ですね」

「ああ。厄介だがそれがこちらの付け目でもある」

と、十津川は、いった。

「人質は大丈夫なの？」

直子が、きいた。

「犯人の目的はあくまでも私を負かすことなんだよ。祇園祭の山鉾巡行の時だって、爆破そのものが目的じゃなくて、私を事件に引き込み、私をギャフンといわせることだったんだ。今回の誘拐も同じだと思っている。私とゲームをやり、負かせて喜んでいるんだ」

「でも、足手まといになった人質を殺すことだって、考えられるんじゃないの？」

直子が、心配した。

「確かにその心配はある。しかし犯人は、しばらくは勝利の余韻に酔っているだろうから、殺人みたいな荒っぽいことは、やらないだろう。人殺しが好きな人間なら別だが、この犯人はそんな人間には見えないからね」

と、十津川は、いった。

「これから犯人は、どうすると思いますか？」

亀井が、きく。

「味をしめて、また、身代金を要求してくるかも知れないな。今、犯人はまんまと五千万円せしめて、勝ち誇っている。ここであと五千万円と、欲を出すんじゃないかな」

十津川が、いった。

「合計一億円ですか」

「山鉾巡行の時も犯人は、町衆を脅《おど》して一億円を強奪した。今度、一億円せしめれば、合計で二億円が手に入る」

「その金額に何か意味がありますか？」

「この犯人は、一人ではなく、少くとも、二人だと思っている。二人なら、二億円を仲良く一億円ずつ、分けられる」

と、十津川は、いった。

「その可能性が強いですか？」

「私は強いと思っている。犯人は山鉾巡行を脅して一億円せしめたのに、逃げずに図にのって、今度はこの京都で、稚児さん役の子供を誘拐しているんだ。一度勝つとゲームがやめられずに、勝負を続ける性格だと思うからね」

と、十津川は、いった。

亀井はちょっと考えてから、

「この際、犯人が図にのって、木村家にまた身代金を要求してくれた方がありがたいですね。犯人を逮捕するチャンスが、生れますから」

と、いった。

「カメさんのいう通りだ。犯人逮捕のチャンスも出来るし、人質も安全だ」

と、十津川は、いった。

「でも今度は、あなたを相手にしないいんじゃないの？　京都府警が前面に出るから」

直子が、いった。

「その方が助かるよ」

と、十津川は、いった。

「私としては、ひそかに調べたいことがあるんだよ。京都ナンバーの真っ赤なマツダのロードスターの持主だ」

「警部を妙なところへ連れて行った女装趣味の男のことですね」

「明日から、この男を見つけ出す作業に入る。プレートナンバーは全部覚えているからね」

「その男が犯人に頼まれたと思いますか？」

亀井が、きく。

「まともな頼み方はしてないだろう。多分、喫茶店ラ・フランスに女装趣味の男が仲間を求めて、アメリカンを飲んでいるから、君たちの仲間のところに連れて行ってやってくれ。

その男は金持ちでいつも現金を持ち歩いているとね。ロードスターの男は欲と趣味の両方で、私を連れて行ったんだ。その時、声は出すなともいわれていたんじゃないのかな。だから私はあの男を犯人と間違えてしまった」

「明日から、忙しくなりますよ」

と、亀井は、いった。

翌日、午前九時を過ぎると十津川は、京都陸運局に電話して、問題の車の持主を教えて貰った。十津川がナンバーを覚えていたので、簡単にわかった。

〈滝本良介《たきもとりょうすけ》　三十六歳〉

祇園のビルの中で、天ぷら専門の店「たきもと」を出しているとわかった。

「私がこの人の噂を聞いてみるわ」

と、いって、直子が出かけていった。

直子は昼過ぎに、Kホテルに帰って来た。

「いろいろと、調べて来たわよ」

と、直子は、いった。

「彼は、京美友の会の役員」

「京美友の会というのは、何なんだ？」

と、十津川が、きいた。

「京都の女装趣味の会の名前よ。これが天ぷらの店の主人の時の姿」

と、いって、直子は一枚のパンフレットを見せた。

「たきもと」の宣伝文句と一緒に、和服にたすきがけの滝本の写真が、のっていた。

「その他、同じ雑居ビルの中にある『ナイル』というクラブで、やとわれママをやっていて、その方の写真がこれ」

と、いって、もう一枚のパンフレットを見せた。

それにはドレス姿の女が、写っていた。間違いなくあの女、いや、あの男だった。

「彼はこの道でも有名らしいわ。自分でもこうして宣伝しているくらいだから。昼食にこの店で、天ぷらを食べて来たんだけど、おいしかった。腕は相当なものだと思ったけど、店の客の中に二、三人、男とわかるきれいな女性がいたわ」

と、直子は、いった。

「犯人はこの店へ行って、誘ったのかも知れないな」

と、十津川は、いった。

「それから、彼の自宅も調べておいたわ」

と、直子は、いい、メモを十津川に見せた。

〈三条通東洞院西入ル
　コーポ深見　306号室〉

と、そのメモには、あった。

「それ、本人が書いてくれたものよ」

「女にも興味がある奴ですか」

亀井が、いった。直子は、笑った。

「女装趣味の男というのは、ニューハーフじゃないんです。だから、女性に興味があるし、結婚している人も沢山いるみたいですよ」

と、いった。

第五章　古都の入口

1

十津川は、自分に腹を立てていた。
もちろん、犯人にも腹を立てていた。怒りが二重になって、彼の眼を険しくしていた。
滝本良介に会った時も、十津川は怒りの中にいた。
ドアを開けて、十津川の顔を見るなり、滝本はあわてて閉めようとした。
十津川は、そのドアを思い切り蹴飛ばした。
滝本が、ひっくり返った。
「何をするんや！」
と、滝本が、叫ぶ。

十津川と亀井が、部屋に入る。

滝本が起き上ってくる。その胸倉をつかんで、

「私を覚えているな」

と、十津川が睨《にら》んだ。

「知らないよ」

滝本は青ざめた顔で、後ずさりしようとする。

十津川は思わず、その顔を殴りつけてしまった。

「助けてくれ！」

と、滝本が悲鳴をあげる。

「いいか。殺しやしないから、正直に答えてくれよ」

「何を知りたいんだ？」

「もう一度聞くが、私を知ってるな？　知らないなんていったら、また殴りつけるぞ」

「暴力は止《や》めろ。止めてくれ」

「女だから、暴力は嫌いか」

「野蛮なことは、性に合わないんだ」

「しかし、私のことは仲間と一緒になって、思い切り殴ったな」

「あれは仕方なくだ」

「仕方なく五千万円を奪ったのか？」

「五千万円って、何のことだ？」

「私のボストンバッグを奪ったろうが。あの中には、五千万円入っていたんだ。返して貰う。返さなければ、刑務所行きだ」

十津川は脅した。

「嘘だろう？」

「何がだ？」

「五千万円の話だよ。あの中には、女装の道具が、入ってたんだろう？」

「誰がそういったんだ？」

「田中という男だよ」

と、滝本は、いった。

「田中という男が、私をあの家へ連れて行けと、いったのか？」

「ああ、そうだ」

「どうやって、近づいて来たんだ？」

「おれは祇園で、天ぷら屋をやっている。まあ、少しは知られた店だ」

「そのことは、知っている」

「田中は店へやって来た。おれのことを、よく知っていた」

「君の女装趣味のことをか？」

「おれが、京美友の会の役員だということを知って、面白い話を持ちかけてきた」

「どんな話だ？」

「田中はおれに、こういった。東京の友だちに、女装趣味の男がいる。自信満々で、今、京都に来ているから、ちょっと、からかってやってくれないかってね。そのあと、今、そいつが喫茶店ラ・フランスにいると、電話して来た。それで、おれは、あんたを迎えに行った」

「田中に、ただ頼まれて、その通りに動いたというのかね？」

十津川が、いった時、部屋の奥に入った亀井が、

「ここに、二百万の札束がありますよ。多分、あの犯人に貰ったんじゃありませんか」

と、大声で、いった。

「二百万円で、引き受けたのか？」

と、十津川が滝本にぶつけた。

「おれの仲間も、田中に金を貰っている」

滝本が、弁解にならない弁解をした。

「それで、私をあの家に連れて行き、仲間と一緒になって、殴ったのか？」

「田中が、からかってやれといったからだよ。謝るよ。申しわけない」

「私は、君たちに殴られて、意識を失った。その寸前、警察だという怒鳴り声を聞いたんだが、現実に私は、警察に助けられてはいない。あれは誰が叫んだんだ？」

「多分、田中だよ。田中の奴が、おれたちを欺《だま》したんだ。おれたちに、あんたを、あの家へ連れて行き、からかってやってくれといっておいて、突然、警察だって怒鳴った。おれたちは本当に、警察が乗り込んで来たと思って、あわてて逃げた。あんたを殴って、気絶させてしまっていたから」

と、滝本は、いった。

「そのあとは、どうしたんだ？」

と、十津川は、きいた。

「しばらくして戻ったら、あんたも、ボストンバッグも消えていた。警察もいなかった」

「そのあと、田中に会ったか？」

「いや、会ってないよ」

「電話もかかって来ないのか？」

「来てないよ。あんたは、本当は何者なんだ？　ただの女装趣味の人間じゃないんだろう？」

滝本が、きく。

十津川は、黙って警察手帳を見せた。

滝本は、眼を宙に走らせて、

「やっぱり、刑事さんか」

「君を公務執行妨害で、逮捕することも出来るんだ」

と、十津川は脅した。本当は、誘拐《ゆうかい》の共犯にもなるんだぞと脅かしたいのだが、今は、それは出来なかった。

「いじめないで下さいよ。本当に、何も知らなかったんですから」

滝本は急に、おもねるような、丁寧な口調になった。

「われわれに協力すれば、逮捕はしない」

「何をすればいいんです？」

「田中の顔は、覚えているか？」

「ああ、覚えてる」

「じゃあ、似顔絵を作るのを、手伝ってくれ」

と、十津川は、いった。

「おれは、絵が下手だから」

「絵は私が描くから、君は田中の顔を、口で説明してくれればいい」

十津川は、滝本から画用紙を借り、サインペンを構えた。

「まず、顔の輪郭から話してくれ。丸顔か、四角か、細面か――」

と、十津川はいい、似顔絵を描き出した。

眼、鼻、口と、少しずつ描き込んでいく。一時間近くかけて、田中の似顔絵が、出来あがった。

「正直にいってくれないと困るが、これは、ホンモノに似ているのかね？」

十津川が、念を押した。

「よく似てますよ」

「本当だな？」

「おれは客商売だから、人の顔を覚えるのは、得意なんです。間違いなく、この通りの顔でしたよ」

滝本は、必死の表情で、いう。

「身長、体重は？」

と、十津川は、きいた。

「一七五、六センチかな。ちょっと痩《や》せてる感じでしたね」

と、滝本は、いった。

十津川は、完成した似顔絵を改めて、凝視した。

この男の名前は、わからない。田中というのは、偽名に決っている。

十津川は、必死に過去の記憶を、たぐり寄せてみた。が、その記憶の中に、この男は出て来ないのだ。

「カメさんはこの顔に、記憶があるか？」

と、十津川は亀井に、きいた。

「私も、今、それを考えているんですが、いくら考えても、思い出せません」

「私もなんだよ。だが、この男が私に向って、ゲームを仕掛けて来たのも間違いないんだ。祇園祭の山鉾《やまほこ》巡行に、爆弾を仕掛け、今度は誘拐事件を起こしている。そして私を事件に引きずり込み、打ち負かして、喝采をあげている。私に恨みを抱いているとしか思えないんだ」

十津川は、焦燥にかられる。

私はゲームに二回負けた。大金を強奪され、その上、人質の少年はまだ、帰って来ない。

それなのに、犯人の名前もわからず、十津川を恨む理由もわからないのだ。

「人違いしているということは、考えられませんか？」

と、亀井が、いった。

「この男が、人違いしているということか？」

「そうです。過去に罪を犯して、警察に逮捕され、何年か刑務所に放り込まれていた。自分を逮捕した刑事が、別人なのに、警部だと思い込んでいるんじゃありませんかね。警察はいちいち、逮捕した人間に、その捜査の指揮をしたのは誰々だと、いいませんから」

と、亀井は、いった。

「だがねえ」

十津川は、小さく呟いた。

犯人とは電話のやりとりをしている。それから受けた感じは、犯人が冷静で、ずる賢い男だというものだった。

その上、犯人は十津川を、徹底的に、からかってやろうと、考えている。

犯人が復讐する相手を、思い違いするとは、とても思えないのだ。

突然、十津川の携帯が鳴った。

（犯人か）

と思い、十津川はあわててボタンを押した。

しかし、聞こえたのは東京の本多一課長の声だった。

「そちらの捜査は、うまくいってるのか？」

と、本多は、きく。

「残念ながら、今のところは犯人に、いいようにやられています」

「そうだろうな。こちらでも、まずいことが起きている」

「何が起きているんですか？　事件は京都で起きているんですが」

「警視庁のホームページに、君のひどい写真が、送られてきたんだよ。女装して、だらしなく仰向けに倒れている写真だ」

「――――」

「聞いているのかね？」

「聞いています。写真を撮られた状況はわかります。それでホームページに送られてきたのは、その写真だけですか？」

と、十津川は、努めて冷静にきいた。

「今のところは、その写真一枚だけで、何の説明もない。だが、三上刑事部長は大変だと、青い顔だよ。警視庁始まって以来のスキャンダルになる、といってだ」

「申しわけありません」

「私としては、その写真を撮った犯人が、マスコミに流すことを心配している」

と、本多は、いった。

「すぐには、流さないと思います」

と、十津川は、いった。

「本当に、大丈夫か？」

「犯人は追い詰められた時、その写真を使うぞと、脅しているんだと思います。今は、犯人は、私に対して優位に立っていますから、写真はマスコミには流さないと思います」

と、十津川は、いった。

「とにかく、一刻も早く犯人を捕えたまえ」

本多は、叱りつけるようにいって、電話を切った。

十津川は、ますます、気が重くなった。

彼は、女装愛好者たちに殴られて、気を失った。その時、犯人は、十津川の写真を撮ったのだ。

十津川は気がついた時、だらしのない姿だったのは、覚えている。

着物の前がはだけ、化粧も崩れていた。まるでピエロだ。その写真を、犯人は何枚も撮り、そのうちの一枚を、警視庁のホームページに送りつけたのか。

(この執拗さは、何処から来るのだろうか?)

また、携帯が鳴った。

今度は間違いなく、犯人の声だった。

「滝本をいたぶったって、おれは、捕まえられんよ」

と、犯人はいきなり、いった。

「私を、監視しているのか?」

十津川は冷静に、冷静にと、自分にいい聞かせながら、相手にいった。

「警察のやり方なんか、お見通しでね。きっと、滝本を訪ねていくと思ったから、見張っていたんだ。そいつは何も知らないよ」

「私をからかって、満足したかね? それなら一刻も早く、人質を解放したまえ。身代金も手に入れた筈だ」

と、十津川は、いった。

「そうだな。あの少年には何の罪もないが」

「いつ、返してくれる?」

「あんたが、おれに謝罪してくれたら、人質は、返すことにするか」

「謝罪するのはいいが、私は君に何をしたか覚えていないんだよ。私が何をしたか、教えてくれないか。納得できれば、いくらでも謝罪するよ」

「まだ、わからないのか」

「ああ、わからない」

「何というバカなんだ。呆《あき》れたものだ」

「だから、教えて欲しいんだよ。どんな風に、私が君を傷つけたかをだ」

「自分で、考えろ！」

と、犯人は、大声を出した。

十津川は、むかつくのを、じっとおさえ込んだ。

「私を恨むのは勝手だが、人質の木村クンには何の罪もない。すぐ、解放しなさい」

「――」

「君だって、自分のやっていることを、正当だと思っているんだろう？　正義だと思っているんだろう？」

「当り前だ」

「それなら、正義に反するようなことは、止めたまえ。人質を解放すべきだ」

「――」

「どうなのかね？　私を痛めつけたかったら、また、別のゲームを仕掛ければいいじゃないか。いつでも、応じてやるよ」

「いいだろう」

と、犯人は、いった。

「いつ、人質を、解放してくれるね？」

「時刻は、昼と夜の境」

「何だって？」

「何回もいわせるな。今日の昼と夜の境だ」

「場所は？」

「あの世の入口だ。一人で来い」

「何だって？」

「――――」

電話は、切れてしまった。

2

二人は、マンションを出た。

たちまち真夏の京都の暑さが、二人を押し包む。タクシーを拾って、直子のいるホテルに戻った。

「京都府警の矢内原さんから、何回も電話があったわ。あなたの携帯にかけたんだけど、話し中だったって」

「そうか」

「すぐ、電話しなくていいんですか？」

直子が、心配そうに、きいた。

「どんな電話かはわかっているんだ。人質を何とかして取り戻せないかという話以外にないからね。その自信が出ないと、電話しても仕方がないんだ」

と、十津川は、いった。

「それで、人質の少年は、解放されそうなの？」

「犯人は、返してもいいといっている」

「それなら、矢内原さんに、すぐ知らせた方がいいわよ。人質のご両親も心配しているでしょうから」

「ところが、人質を返すから、私一人で、今日の昼と夜の境に来いといっている」

「それは、陽が暮れてからということでしょう」

「それは、わかるんだが、場所を聞くと、あの世への入口へ来いといっている」

「何なの？　それ」

直子が、眉をひそめた。

「それだけしかいわないんだよ」

「まさか、そこで、あなたを、あの世へ送り込もうというんじゃないでしょうね」

直子が、不安気に、いった。

「それはないだろう」

「でも、あの世の入口だといったんでしょう？」

「間違いなく、犯人は、あの世の入口へ来いといったんだ」

「じゃあ、犯人はあなたを待っていて、ピストルを構えて、ここがお前の、あの世への入口だといって、ズドンといくかも知れないじゃないの」

と、直子は、いう。

十津川は、笑って、

「その気なら、ちゃんと、場所をいう筈だよ。四条河原町とかね。私に、そこへ来させて、ズドンといく筈だ」

「じゃあ、どういうことなの？」

直子が、眉をひそめてきく。

十津川は、窓の傍へ行き、窓の外に広がる京都の町を眺めた。

「京都は、古い町だ。千年の都といわれている」

と、十津川は、振り向いて、直子と、亀井に、いった。

「そんなことは、わかってるわ」

直子が、いう。

「ただね。この京都では古いしきたりや因縁が、今でも生きてるんだよ。祇園祭の間、人々は、きゅうりを食べないと聞いたことがある」

「どうして？」

「祇園祭は、八坂神社の祭りだ」

「ええ」

「きゅうりの切り口が、八坂神社の紋に似ているからだそうだ。祭りの間、それを食べるのは恐れ多いと思っている人が、沢山いるんだろう」

「そんな古いしきたりが、生きているわけね」

「陰陽師《おんみようじ》の世界が、まだ生きてるんだよ」

「まさか」

「平安京が、出来た頃のことを考えてみたんだ。平安京の中は、人の住む世界だったが、その外は、妖怪の棲む世界だった。何しろ、戻り橋を渡ったところに、鬼が棲んでいたんだから」

「それは、昔の話でしょう」

「だが、この京都では、それがしきたりとして、残っているんじゃないかな」

と、十津川は、いった。

「だから、この京都には、あの世への入口もあるということなの？」

「あるかどうか聞いてくるよ」

「誰に？」

「古い京都について、よく知っている人にだ」

と、十津川は、いった。

従《つ》いて来ようとする亀井に、十津川は、

「今夜は、ここで待っていてくれ。何となく、家内のことが心配なんだ」

と、いった。

十津川が、一人で会いに行ったのは、長刀鉾《なぎなたぼこ》町の町役の東田だった。

「まだ、大事な一億円を取り戻せなくて、申しわけありません」

と、十津川は、まず東田に詫《わ》びてから、

「この京都に、あの世の入口というのがありますか？」

と、きいた。

東田は、ちょっと考えてから、

「六道の辻のことかね」

「六道の辻――ですか」

「昔の京都の人たちは、都の外には、鬼が棲んでいる。つまり、あの世だと信じていたんです。それなら何処かに、あの世への入口がある筈だと考えたんですね」

「何となく、わかります」

「人々は、そこに、お堂を建てて、エンマ様を祭ったんです。今も、六道の辻には、立派なエンマ堂があって、木像のエンマ像が、安置されています」

「今も皆さんは、それを信じているんですか？」

と、十津川は、きいた。

「お盆になると、皆さんお参りするんです。何しろ、エンマ様は亡くなった人が、極楽行か、地獄行か決めるんですからね。皆さん、亡くなった家族が、あの世で極楽へ行けるように、エンマ様にお願いするんです。亡くなった家族の名前を書いて、水に流す水供養もあります」

「六道の辻というのは、どの辺ですか？」

「五条の大橋の近くです」

「昔はあのあたりに、あの世への入口があったんですか」

十津川がいうと、東田は、笑って、

「昔の平安京は、二つの川の間に作られたんですよ。東は鴨川です。ですから鴨川の外は、人間の住むところじゃなくて、鬼がすんでいたんでしょう」

と、いった。

3

新聞によると、今日の陽の入りは、十八時三十六分になっていた。

十津川たちは少し前に出かけた。

タクシーで六道の辻へ、と頼む。十津川にとって、生れて初めて行く場所である。

エンマ堂の前で、おりた。

周囲を見廻すと、何となく、東京の古い下町に感じが似ている。

お盆なら、善男善女であふれるのだろうが、今日は、静かだった。

エンマ堂をのぞくと、聞いた通り、エンマ様の木像が安置されていた。

その横に、なぜか、同じ大きさの木像が置かれている。

よく見ると、平安朝の役人の衣裳姿だった。

受付で聞いてみると、やはり、小野篁《おののたかむら》という平安朝の役人だという。

「あの人は不思議な人で、昼は役所で働き、夜になると、エンマ様のところへ行って、エンマ様の下で働いていたと伝えられているんです。それでエンマ様の傍に安置してあるんですよ」

昔の人は、あの世とこの世をつなぐ人が、必要だったのだろう。

暗くなった。

十津川は、エンマ堂の外で待つことにした。

男が一人、ゆっくり近づいてきた。

それが、立ち止まった。

「十津川さんだね」

と、いった。

犯人の声だった。

「人質の木村クンは？」

十津川が、きいた。

「おれの共犯者が、確保している。おれの持っている携帯は、つながったままにしてある。もし、おれに何かあれば、共犯者は、すぐ、人質を殺すことになっている」

と、男は、いった。

「今は、何よりも、人質の命が大事だから、君を逮捕したりはしない」

「それで、安心したよ」

と、男は、いい、二、三歩近づいてきた。

「おれの顔は、もう滝本に聞いて、わかっているんだろうな」

「ああ。わかっている」

「だが、おれの名前も素性も、なぜおれがあんたを恨んでいるかもわからずに困っているんだろう」

「すぐ、わかるさ」

「そりゃあ、どうかな」

男は、ニヤリと、笑った。

「人質は、何処だ？」

「おれを追いかけないと誓えば教えてやる」

「いいだろう。今は、君を追わないと約束する」

「花の寺にいるよ」

と、男は、いった。

「花の寺って、何処だ？」

「それは、自分で考えろ。早く行かないと、大変なことになるかも知れないぞ」

男は身をひるがえして、暗闇の中に消えた。

十津川は二、三歩、追いかけてから、立ち止まり、携帯を矢内原警部にかけた。

「十津川です」

と、いってから、

「京都で、花の寺というと、何処のお寺ですか？」

「それが、どうしたんですか？」

「そこに、人質の木村クンが、いるかも知れないんです」

「本当ですか？」

矢内原の声も、自然に、甲高くなる。

「とにかく、その寺を調べて下さい」

「花の寺というと、天得院《てんとくいん》かな」

「天得院って、何処です？」

「東福寺《とうふくじ》の隣りですが、午後四時で閉ってしまう筈なんだが――」

「とにかく、早く行って下さい。もし、人質が見つかったら、連絡して下さい」

と、十津川は、いった。

4

矢内原警部は、部下の刑事二人と、パトカーを飛ばした。

天得院は東福寺の塔頭《たっちゅう》である。だから、正式には東福寺天得院である。

ここの住職になった文英清韓《ぶんえいせいかん》は、秀吉、秀頼に学問を教えたが、秀頼に頼まれて、一六一四年（慶長十九年）、方広寺《ほうこうじ》の鐘に「国家安康君臣豊楽」の銘を入れたことで、有名である。

この鐘銘に家康が文句をつけ、豊臣家が亡ぼされてしまったからだ。

天得院の庭には、桜、ツツジ、サツキ、桔梗《ききょう》と、四季さまざまの花が咲き、花頭窓から、その庭を観賞することになる。それで、花の寺と呼ばれるのだが、

「天得院は午前九時から午後四時で、終りです」

と、刑事の一人が、いった。

「そうだろう。十津川さんは、勝手に動き廻って困るんだよ。天得院に人質がいるというんだって、理由も何もいわないんだから、困ったものだ」

矢内原は、文句をいった。

東福寺の隣りにある天得院に着く。

案の定、東門も山門も閉っている。

山門の前にある慈母観音像の横に、黒いゴミ袋が置かれていた。暗いので、小さなかたまりに見える。

それが小さく動いている。

刑事二人が駈け寄って、紐《ひも》をほどくと、中に子供がいた。

手足を縛られて、ぐったりしている。

「木村クンか？」

と、刑事の一人がきくと、少年は黙って、こっくりとした。

矢内原は、すぐ捜査本部と木村家に連絡を取った。

パトカーに乗せ、サイレンを鳴らし、京都駅近くの病院に運んだ。

診察を受けさせると、多少衰弱してはいるが、健康に支障はないという。

両親が駈けつけてくる。

その時になって、少年は、

「犯人が、これを渡してくれって」

と、ポケットから、二つに折った封筒を差し出した。

矢内原が、それを手に取った。


〈十津川警部殿〉


と、表にはあった。

差出人の名前はない。

「犯人からの伝言か」

矢内原は、眉をひそめた。

(まさか、犯人と十津川とは、ツー・カーじゃないだろうが)

と、思いながら、中の便箋を取り出した。


〈ゲームは楽しかったよ。

今のところ、おれの二勝ゼロ敗だな。

このままでは、申しわけないから、リベンジのチャンスをやることにする。

日時は七月三十一日。祇園祭の最後の日だ。

ルールは追って知らせるから、京都に残っていろよ。

勝てば、おれを逮捕できる。負けたらいさぎよく、警察を辞めろ〉

「何なんだ？　これは」

矢内原は、吐き捨てるように、いった。

刑事の一人が、のぞき込んで、

「胸くそが悪くなりますね。犯人と刑事が、じゃれ合ってるなんてのは」

と、いった。

「そのくせ十津川さんは、犯人に心当りはないと、いってるんだよ。どうも信じられないんだがね」

「われわれだって、信じられませんよ」

と、刑事も、いった。

「それでも仕方がない。十津川さんに知らせておこう」

と、矢内原は、いった。

5

十津川は矢内原に渡された手紙を、ホテルに戻ってじっくりと、読んだ。

短い文面の中から、犯人の考えを読み取ろうと思ったのだ。

「人質が戻って、良かったわね」

と、直子が横から、いう。

「しかし、身代金は取り戻していない。この手紙にあるように、二回とも完敗なんだ」

「最後に勝てばいいんでしょう」

と、直子は無邪気な調子で、いった。

「そりゃあ、そうだがね」

「幸いというと、おかしいけど、何故か犯人は、しつこくあなたに挑戦して来てるわ。だから最後に勝つチャンスはあるわけだわ」

「そりゃあ、そうだが」

「なんにしても、犯人は何故、大金を手に入れたのに、何回も警部に勝負を挑んでくるんでしょう？」

と、亀井が、きいた。

「それは、強烈な恨みを、私に抱いているんじゃないかな」

「ひょっとすると、あなたがその男の向うずねを蹴飛ばしたんじゃないの？」

と、直子が、きいた。

「どういうことだ？」

「犯人はあなたに勝負を挑んで、勝って、喜んだけど、そのあとで、あなたに蹴飛ばされた古傷が、また痛んでくる。そこでまた、あなたへの恨みがかき立てられて、勝負を挑んできてあなたを負かそうとする。その繰り返しかしらと思って」

「古傷か」

「蹴飛ばしたあなたの方は、そんなことは、すっかり忘れてしまっている――」

「なるほどね」

十津川は、肯《うなず》いた。

向うずね云々というのは、もちろん、譬《たと》えだろう。

（今までと、考え方を変えた方が、いいかも知れないな）

と、十津川は、思った。

今まで十津川は、あの犯人と自分との関係だけを考えてきた。

自分が逮捕して、刑務所へ送り込んだ人間ではないのかという視点で、である。

しかし、いくら考えても記憶はない。

記憶がないのも、当然という見方をしてみたらどうなのか。

向うずねに当るのが、何かということである。

犯人の可愛がっていた犬に、石をぶつけて運悪く、その犬が死んでしまったというケースも考えられる。

（だが、違うな）

と、思った。

犬や猫に、石を投げた記憶はないからだ。

（女か？）

と、思う。

七月十七日の山鉾巡行での祭ジャックから、稚児の誘拐と、十津川の前に立ちふさがったのは、男の声であり、男の姿だった。

だから、十津川は必死になって、男の犯人の記憶を追いかけていたのだ。

必死に、男は十津川に戦いを挑んで来たが、それは、男自身の恨みを晴らすためではなく、好きな女の恨みを晴らすためだったのではないか。

もし、そうだとすると、いくら男のことを考えても、思い当ることがなくても、当然なのだ。

男がやたらにゲームだというのも、彼自身は十津川に対する復讐という意識がうすく、どうしてもゲーム感覚になってしまうのではないか。

「何を考えているんです？」

と、直子が、きいた。

「君のいった向うずねのことを考えているんだ」

「それは譬え話ですよ」

「わかっているさ。だから向うずねは、いったい何だろうかと考えてね、女じゃないかと思ったんだ。私はずっと、犯人の男が私を恨んでいるから、私に挑戦してきたと考えていた。しかしね、本当に恨んでいるのなら、ゲームをしようなんて感覚があり得るだろうか。私を殺したいと思うんじゃないかね。私に女装させ、京都の女装マニアに痛めつけさせたあと、意識不明の私を殺すことだって、簡単に出来たのに、それはしなかった。考えてみればおかしいんでね」

「それで、女ですか」

と、亀井が、きく。

「ある女が私を恨んでいるとする。彼女は男と愛し合うようになり、彼に自分の怒りを話す。自分では私に復讐できないが、自分に代ってやってくれないかとね。男は愛する女の頼みだから引き受ける。大金を手に入れるチャンスだと思ったかも知れない。しかし、もともと男自身の復讐じゃないから、私に対して本当の憎しみはわいて来なかったんじゃないかな。だが彼女のためには私と戦いたい。それでゲームということになってしまったのではないか」

「でも誘拐事件の時、あなたが人質を返せといったら、犯人はあなたに、警視庁を辞めろ、辞めなければ人質を返さないと、いったんでしょう？」

「そうだよ」

「ゲームには思えないけど」

「あれは多分、女の要求なんだ。女が十津川に警察を辞めさせてくれと、男に頼んだと思っている」

「でもどうして、彼女自身があなたに要求しなかったのかしら？　子供を誘拐したあとに」

と、直子が、いった。

「多分、彼女は、私がよく知っている女なんだよ。声だけ聞いても、誰とすぐわかってしまう。だから彼女は表に出て来ないんだという気がする」

と、十津川は、いった。

「それで全て、男にいわせているということ？」

「今はそう考えている。人質の件にしても、結局私が警視庁を辞めなくても、解放している。つまりそれが男自身の強烈な意志じゃないという証拠になると思っているんだ」

「それにしても、七月三十一日にしつこくゲームをしたいといっているわけでしょう。粘り強い男ね」

と、直子は、いった。

「それは、あの男のというのではなく、男の背後にいる女の執念を感じるんだよ」

と、十津川は、いった。

「警部はその女に、心当りがあるんですか？」

亀井が、きいた。

「今、それを考えているんだ。三人ばかり、名前が浮んでいるが、その中の誰だという確信はない」

十津川は、正直に、いった。

「今回の真犯人の意図がわかります？　あなたの前に現われた男を通して、真犯人である女性の意図も、読み取れるんじゃないかしら」

と、直子は、いった。

「今、それを考えているんだよ。今まではてっきり男の私に対する憎しみが、その行動に出ていると、思い込んでいたからね」

十津川はメモ用紙を取り出すと、そこに今、気づいたことを書きつけていった。

①執拗な真犯人の意識
祭ジャック、誘拐に勝ったのに、犯人はまだ、次の挑戦を突きつけて来ている。それを男の執拗さと考えていたが、その背後にいる女の執拗さかも知れない。

②再三にわたって、警視庁を辞めろと要求している。背後にいる女が、辞めさせたがっているとしたら、その要求の中に、真犯人のヒントがあるかも知れない。

③何故、女装させたのか？
ただ単に、五千万円の身代金を奪うための戦術だったのか、それとも女装させて、からかってやろうという意図があったのか。もし、真犯人に何とかして、十津川を辱《はずか》しめようという気持があったとすれば、そこに真犯人の心理が隠されているとみていいかも知れない。

④犯人は祭ジャックで、一億円を要求して、手に入れた。次は、誘拐で五千万円を要求して、それも手に入れている。最初から一億五千万円が必要なら、祭ジャックの時、京都の町役に対して、一億円ではなく、一億五千万円でも二億円でも要求するのが、普通ではないだろうか。とすると、表に立っている男の気持はわからないが、真犯人の女は金が目的でなく、十津川を引きずり出して、負かすのが目的なのかも知れない。

「ずいぶん、いろいろと考えているのね」

直子は、感心したようにいった。

「私を好きなように翻弄している相手だからね。何とかして、正体をつかみたいんだ」

と、十津川は、いった。

「それにしても、このメモを見ていると、相当あなたは恨まれているみたいね」

直子が笑う。

「私を殺したいというのではなさそうだと思う」

「それは、表に立っている男の気持じゃないの？」

「かも知れないが、女装趣味の連中に襲われて私が気を失った時、もし女に私を殺したい気があったら、あの瞬間に出来た筈なんだよ」

と、十津川は、いった。

「そうなると、何とか、あなたに恥をかかせてやりたいという気持なのかしら」

「それは充分に考えられるね」

「となると、過去にあなたに手ひどく、辱しめられたんだわ。女の自尊心をズタズタにするような目にあわせたんだと思う」

と、直子は、いった。

「かも知れないが、具体的に浮んで来ないんだよ」

と、十津川は、いった。

京都府警の矢内原から、電話がかかった。

語調がかたいのは、十津川に、いい感情を持っていないからだろう。

「人質になっていた木村少年の事情聴取を今、終了したところです。詳細は、FAXで、そちらのホテルへ送りますので、人目に触れないうちにすぐ受け取ってください」

矢内原は、一方的にいって、さっさと電話を切ってしまった。

十津川は、苦笑した。

「ご機嫌斜めだ」

「あなたが、京都府警に非協力的だからでしょう」

直子が、いった。

亀井が、口を挟んだ。

「今回の事件では、犯人の方が一方的に十津川警部に勝負を挑んでくるので、京都府警に協力を求められないのですよ」

といい、

「FAXを貰って来ます」

と、部屋を出て行った。

6

フロントに届いていた、京都府警からのＦＡＸに十津川は眼を通した。


〈木村大介（小学五年生）からの事情聴取の結果について、お知らせします。

本人の話によると、歩いていると、車が近寄ってきて、運転手に、鞍馬《くらま》へ行く道をきかれた。暑いので車の中に入り、向うが見せた地図で、説明していると、いきなり、ハンカチを顔に当てられた。どうやら、そのハンカチにクロロフォルムが浸み込ませてあったと思われます。

気がついた時、車の中で手足を縛られ、目かくしされていたようです。

犯人は道をきいた男と、もう一人、女がいて、食事を与えてくれたのは女の方だったそうです。

ただ、終始目かくしされていたので、女の顔は、見ていないそうです。

車から出されたのは、最後に天得院で解放された時だったと、いっています。

食事は主に、コンビニで買ったと思われるパン（菓子パン、サンドイッチ）と、牛乳だったそうです。

車はバンタイプの大型で、色は白っぽかったようですが、ナンバーは不明です。少年は、二人の会話を聞いていますが、共犯と思われる女の二人だけだったと思われます。少年は、二人の会話を聞いていますが、小声で話しているので、ほとんど内容は聞き取れなかったと、いっています。ただ二人が、一度だけ激しい口調でやり合った時があり、その時の会話は、はっきりと、聞き取っています。

その時、女は何故か、十津川警部のことを、悪《あ》しざまにいっていたそうで、絶対に許せないと、いっていたといいます。

何か、心当りはありますか？

われわれは、白っぽい大型バンを、探すことにしています。

木村大介からは、引き続き事情聴取を続けるつもりです。何かわかりましたら、また、報告します〉

「やっぱり男の背後に女がいて、彼女が、警部を恨んでいるようですね」

と、亀井が、いった。

「このＦＡＸを、冷静に読んでみようじゃないか」

十津川は、自分にいい聞かせる調子で、いった。

「男と女が、激しい口調でやり合ったと書いているが、その原因は私のことだと思う」

「そうでしょうね」

と、直子が、肯《うなず》く。

「これは私の想像なんだが、男の私に対する態度が甘いと思って、女が男に文句をいったんだと思うね」

「このカップルは、どう見ても女性の方が力を持っているというか、男性の方が、惚れてるわね」

直子が、いった。

「どうして、そう思うのかね？」

十津川が、きいた。

「男の人が矢面に立って、あなたと戦っているんでしょう。それなのに、女の人は文句をいって、ケンカになった。明らかに男の人が惚れていて、わがままを許しているんだと思う」

と、直子は、いった。

「なるほどね」

「何故、この二人は京都に拘《こだわ》るのかしら？　わざわざ、あなたを京都へ誘い出して、祇園祭の山鉾巡行で事件を起こしたり、稚児さんだった少年を、誘拐したりしたわけでしょう？　何故、東京で事件を起こさなかったのかしら？」

直子が、問題を口にした。

「カップルの男か女か、どちらかが京都の人間なんじゃないかね。京都のことを、よく知っているから、私と京都で勝負しようとした。その方が有利だからね」

と、十津川は、いった。

山鉾巡行を犯罪の舞台にしたり、六道の辻で十津川と向い合ったり、花の寺（天得院）で、人質を解放したりしている。

確かに、犯人、特にあの男は京都に詳しい人間と見ていいだろう。

「しかしねえ」

と、十津川は自分の意見に自分で首をかしげた。

「もし、京都人だったら、祇園祭の山鉾巡行を、ぶちこわしかねないことをするだろうか？　その年の稚児を誘拐するかな？　カメさんは、東北だったね」

「そうです」

「ねぶた祭のねぶたに、爆弾を仕掛けたりするかね？」

と、十津川は、きいた。

「しませんね。絶対にしませんよ」

と、亀井は、いった。

「とすると、京都のことに詳しくても、京都人ではないと考えるのが、自然じゃないかな」

「京都から見て、他所者《よそ》？」

と、直子が、いう。

「多分、そうだろう」

「でも、何故、犯人は京都に拘ってるの？」

「そこに犯人像が、隠されているんじゃないかね」

「どういうこと？」

と、直子が、きく。

「君のいうように、今回の犯人は、京都に拘《こだわ》っている。だが、京都を愛してはいない。とすると、男と女のどちらかが、京都に強烈な思い出を持っているんだとみている。しかし、その思い出は明るいものではなく、暗いものだったんじゃないか。私は、そんな気がするんだよ」

「それに、あなたが絡んでいるのかも知れないわね」

と、直子は、いった。

十津川が、肯く。

「多分そうなんだ。男の方に記憶がないから、女の方だと思う。私はその女に京都で出会い、私が彼女を傷つけたんだ。意識してか、無意識にかわからないがね。私は彼女を痛めつけ、辱しめ、怒らせたんだと思うね。彼女は、その恨みをじっと持続させていて、今回、頼みになる男を得て、私に対する復讐を開始したんだ。それも自分が傷つけられた京都でね。東京では完全な復讐にはならないと、思ったんだろうね」

十津川は、考えながら喋った。

「でも、あなたは警視庁の刑事だから、普通、東京都内で起きる事件が捜査の対象でしょう？　何故、京都が関係してくるの？」

直子が、不思議そうに、きく。

「東京で殺人を犯した人間が、京都へ逃げてくる。私が追いかけて、京都で捕えることもあるよ」

と、十津川は、いった。

「それかも知れないわ。女の犯人を京都まで追いかけて、逮捕した記憶はないの？」

「今、考えているところだ」

「二、三人、心当りがあるみたいなことを、いってたわね。その女性の顔と何があったか、一人ずつ、思い出してみたら。あなたがこの京都で、痛い目にあわせた女が真犯人だわ。男を使って、その復讐をしているのよ」

と、直子は、いった。

「私もそう考えて、今、一生懸命に思い出そうとしているんだ。二年前、東京で、浮気した恋人を殺して逃走した女を追って来て、この京都で逮捕したことがあるが、彼女はまだ、刑務所の中だ」

十津川が、いうと、亀井が、

「小玉憲子《こだまのりこ》でしょう。私も警部と一緒に京都まで来ていますから、覚えていますが、確か、八年の刑を受けていて、府中刑務所の中です。脱獄した話も聞いていません」

と、いった。

「他には、心当りは？」

直子が、せっかちにきく。

「広田《ひろた》ゆかりなら、もう出所している筈ですよ」

と、亀井が、いった。

「それ、どういう女なの？」

直子が、きく。

「四十歳の女で、東京の原宿で小さな骨董店をやっていた。京都の骨董店の主人と組んで、男が安物の茶碗や皿を京都で手に入れ、もっともらしい鑑定書をつけて、女が東京で、高値で売りつけていたんだ」

と、十津川は、いった。

「サギ師ね」

「まあ、そうだ。それに引っかかった金持ちの老人がいたんだが、彼女は欺したのがバレて、相手を殴って一ヶ月の重傷を負わせ、二百万円を強奪した。その足で京都の男のところに逃げたのを、京都まで追って逮捕した。サギと強盗傷害の罪だ。カメさんのいう通り、もう出所している筈だ」

「じゃあ、その女に間違いないわ。男がいて、京都と関係があるじゃないの」

直子が、断定するように、いった。

だが、十津川は首を横に振った。

「男の方は、その時、確か六十七歳だった。今回私が会った犯人は三十代から四十代だ。初老の男は私に対して、ゲームなんか仕掛けないと思うね」

と、いった。

「亀井さんは、どう思うの？」

と、直子は、きいた。

「そうですね。考えてみると、あの初老の男に、サギは出来ても、祭ジャックや、誘拐などという荒っぽい仕事は出来ないと思いますね」

と、亀井は、いった。

十津川は続けて、

「それに私は京都で、このサギ男に会っているんだよ。京都府警に協力して貰って、女と一緒に逮捕しているんだ。だから男の顔は前から知っていた」

「じゃあ、他に思い当る女性は？」

「考えているんだが、わからないんだ」

「ひょっとして――」

と、直子は急に表情を変えて、十津川を見つめた。

「何だい？」

「私と結婚する前、あなたは長いこと独身だったでしょう」

「縁がなくてね」

「その頃、京都の女性と付き合っていたんじゃないの？　その女性と結婚を約束したのに、直前になって、破棄してしまった。それで女性は、ずっとあなたを恨んでいた――」

「そんなことは、したことはないよ」

と、十津川は、苦笑した。

「第一、犯人のカップルは、京都の人間とは考えられないと、いってるじゃないか」

「でも、京都で起きてるし、あなたに恨みを持つ女性がいるのは確かだわ」

直子は、眉をひそめて、いった。

「それで参っているんだ」

十津川は、笑いを消した顔で、いった。

彼はメモに犯人の条件を書き並べたのだが、それにぴったりくる女も、カップルも思い浮ばないのだ。

(自分で気づかずに、強烈に恨まれていることが、あるのだろうか？)

と、考えてみた。

十津川は、ある話を思い出した。

池に小石を投げた人間は、ただのいたずらで、すぐ忘れてしまうが、池のカエルにとって、命にかかわる災難だという話である。

カエルはその石が当れば、死んでしまうからだ。
そんな譬《たと》えに似たことを、自分は京都でしたのだろうか？

第六章　怨念の都

1

七月三十一日になった。

この日は、祇園祭の最後の日である。他には、愛宕《あたご》神社の千日詣りの日でもある。七月三十一日の夜から参拝すると、千日間の功徳があり、三歳までの子供が詣ると、一生災難から逃れられるといわれ、子供連れの信者も多く見られるという。

午前九時きっかりに、十津川の携帯が鳴った。

「いよいよ、最後のゲームを始めるぞ」

と、男が楽しそうに、いった。

「一番いいのは君たちが、自首することだ。それでゲームは終る」

十津川が、いうと、男は電話の向うで、小さい笑い声をたてた。

「このゲームの終りは、君が参ったといって、警察を辞めることだ」

「何故、私を辞めさせたがるのかね？」

「刑事でなくなったあんたは、ただのだらしのない中年男でしかないからな」

と、男は、いってから、

「すぐ、今から八坂神社へ来い。一人で来るのが怖ければ、もう一人の刑事と一緒でもいいぞ」

「もう一人の刑事？」

「山鉾《やまほこ》巡行の時、二人で、必死に走り廻ってたじゃないか。あの太った刑事だよ」

「八坂神社で、何をするんだ？」

「とにかく、二人で八坂へ来い。西楼門前の石段の途中で立っていれば、もう一度、電話する」

と、男は、いった。

「私が、行かなかったらどうなるのかね？」

「おれは手に入れた身代金と一緒に、さっさと逃げ出すさ。そしてだな、あんたの恥しい女の恰好をした写真を、何千枚もコピーして、バラまいてやる。楽しみだよ。それでも、断るかね？」

「わかった。八坂へ行こう」

「それなら、今から三十分で来い」

と、男は、いった。

十津川と亀井は、ホテルを出た。

タクシーに乗って、八坂神社へ向う。四条通りの突き当りに、八坂神社の朱塗りの楼門が見えてきたところで、十津川は突然、

「失敗《しま》った！」

と、小さく叫んだ。

「どうされたんですか？」

びっくりした顔で、亀井が、きく。

「犯人は、今まで、私一人に来いといっていた。それが急に、カメさんと二人で来いといった。おかしいじゃないか」

「犯人が、何か企んでいるということですか？」

亀井が、きく。

十津川は答える代りに、携帯を取り出して、直子のいるホテルにかけた。

しかし、フロント係は彼女がたった今、出かけたという。不安がいっきに加速した。犯人は十津川と亀井の二人を、ホテルから外におびき出して、その隙に直子を誘拐《ゆうかい》しようとしているのではないのか。

「家内は何処へ行くか、いってませんでしたか？」

と、十津川はフロント係に、きいた。

「何もおっしゃっていませんでしたが、ひどく、急いでいらっしゃるご様子でした」

と、フロント係は、いった。

（犯人に欺《だま》されて、誘い出されたか？）

十津川が考えた時、タクシーは八坂神社の前でとまっていた。

「着きましたよ」

と、運転手が、いった。

二人は、車をおりた。そのまま惰性《だせい》がついた感じで、石段をあがる。

犯人からなかなか電話がかかって来ない。十津川はそのことに焦《い》ら立った。何故、すぐ電話して来ないのか。直子を誘拐するのに、時間を取られているのではないのか。

やっと、十津川の携帯が鳴った。

「さっきから見ていたよ」

と、犯人が、いった。

「嘘だな」

「何がだ？」

「私の家内を誘拐したのか？」

と、十津川は、きいた。

「よくわかっているな」

「家内は、無事なんだな？」

「もちろんだ。君の奥さんは、ゲームのチップだからね。大切にしているよ」

「チップ？」

「ゲームにチップはつきものだろう。チップが欲しければ、おれに勝つことだ」

と、犯人は、いった。

「人間の生命をゲームのチップにするのか？」

「その方が真剣になって、いいじゃないか」

と、犯人は事もなげに、いった。

「まず、ナゾナゾから始めるぞ」

「ナゾナゾ？」

「全て京都関連だ。最初のナゾナゾをいうぞ。天皇になれなかった天皇がいる。それに関連した寺か神社へ、十時三十分までにやって来い。あんた一人じゃ大変だろうから、二人で相談しながらでいいぞ。第一問も出来ないようなら、このゲームは終りだ。がんばってくれよ」

「天皇というのは、比喩でいってるのか？」

「ヒユ？　いや、本当の天皇だ。ヒントは京都だ」

犯人はそれだけいって、電話を切ってしまった。

「バカにしやがって！」

亀井が、叫んだ。

「奴は遊んでいるんですよ」

「かも知れないな」

「しかし、警部の奥さんの命が、かかっています。この野郎といって、無視するわけにはいきません。それに何とかして、犯人を逮捕したいですし——」

と、亀井が、いう。

「そうだな。ここは、犯人のいう通りに動いて、逮捕のチャンスを狙うか」

と、十津川は、いった。

彼は、直子のことは、あまり心配していなかった。

ゲームのチップだと、犯人はいった。そのいい方は気に食わないが、犯人は直子を誘拐することと自体は、目的ではないのだ。あくまでも十津川を、自分の望むゲームに引き出すためのものなのだ。とすれば、直子を殺すことは、まず無いだろうと思ったのだ。

「では、犯人のナゾナゾに付き合いますか」

と、亀井が、いった。

「天皇になれなかった天皇か」

十津川が、呟く。

「ヒントは京都だと、いっていましたね」

「カメさんは、何のことかわかるか？」

「ある業種のリーダーのことを、よく、天皇といいますね。映画監督の黒澤明が、黒澤天皇といわれたり。しかし、そういうものではないと犯人は、いっていましたね。本当の天皇なんだと」

「そうだ」

「京都が、ヒントというのは、どういうことですかね？」

「それは、京都に政治の中心があった時ということじゃないのかね。江戸や鎌倉に、政治の中心が移ってしまった時じゃないということだと思う。つまり、天皇が政治の実権を握っていた時のことだろう」

「とすると、幕府政治以前ということになりますね」

「といって、ヤマタイ国の時代でもないし、奈良に都があった時代でもない。それでは、京都がヒントにならないからね」

「考えられるのは、平安朝ですかね」

亀井が、自信なげにいった。

「そういえば、祇園祭もその頃だな」

十津川は必死になって、日本史を頭の中で復習した。

「平安京に都を定めたのは、確か、桓武《かんむ》天皇だったね」

「そうでしたか」

亀井が自信なさそうに、いう。

「その前は、都は長岡京だった。が、何故か造営中に、この長岡京は捨てられて、平安京に都は移されたんだ」

「それは、習いました」

「その間に、さまざまな怨念が、からんでいると聞いたことがある。だから桓武天皇は、平安京を作る時、呪いを封じるいくつもの試みをしているとあった」

「それは私も、京都の観光案内で読みましたよ。比叡山《ひえいざん》が、都の表鬼門に当るので、そこに延暦寺《えんりやくじ》を建てたとありました」

「裏鬼門には、城南宮《じようなんぐう》が建っている。京都の多くの寺はそういう呪封じの役を負っているんだと思う。犯人は天皇になれなかった天皇といっていた。そこに悲劇の匂いがある」

「そうですね。だから天皇なのに、天皇になれなかったみたいな感じがします」

「とすると、その人物を祭った寺や神社がある筈だ」

「鎮魂の寺ということですか」

「そうだ。その寺を探そう」

「しかし、名前も、場所もわかりませんよ」

「京都にあることは、間違いないんだ」

十津川は、京都観光案内を取り出した。

索引のページを開く。

寺と神社の名前だけでも、数は多い。

「不運の天皇の鎮魂のために建てたとすれば、名前は多分、『霊』という字がついている筈だ。それに平安時代の天皇となれば、御所から遠く離れた場所とは考えられないから、御所の近くに違いない」
この二つの条件に合った寺か神社を、探すことにした。
索引と地図の両方から、絞っていく。
「霊」という字がつく寺や神社は、意外に少かった。

上御霊《かみごりよう》神社
下御霊神社
霊鑑寺《れいかんじ》
霊山観音
霊山護国神社

地図で見ると、いずれも京都市内で、御所から、そう遠く離れてはいない。
十津川は順番を逆に、観光案内の簡単な説明を見ていった。

○霊山護国神社——明治元年に創建されて、坂本龍馬、中岡慎太郎などの墓がある。
○霊山観音——二十四メートルの観音像。第二次大戦の戦没者の霊をなぐさめるために、建てられた。
○霊鑑寺——後水尾《ごみずのお》上皇の皇女が創建。以来、代々、皇女が入寺している尼寺。御所人形で有名。

この三つは、今回のナゾナゾとは、関係ないと見ていいだろう。
○上御霊神社——御霊神社の一つ。下御霊神社に対して上御霊神社と呼び、ともに御所の産土神《うぶすな》。桓武天皇の弟に当る早良《さわら》親王他を祭る。

これだけでは、よくわからないが、桓武天皇の名前があったことに、十津川は引っかかった。

電話番号を調べて、上御霊神社にかけてみる。

社務所が、出た。

「そちらは、早良親王を祭ったとありますが、その早良親王というのは、どういう人なんでしょうか？　実は、京都の歴史を研究している者なんですが」

と、十津川は、いった。

「早良親王は、桓武天皇の弟さんです」

と、相手は、いった。

「はい」

「天皇の弟さんですが、藤原種継《ふじわらのたねつぐ》という人を暗殺したといわれて、自殺した悲劇の人です」

「それで、上御霊神社に祭られたわけですか？」

「当時は、長岡京に都があったんですが、早良親王が亡くなってから、兄の桓武天皇の周辺に災いが尽きなくて、とうとう平安遷都が、行われたといいます。天皇はその怨霊を恐れて、弟の早良親王を、この上御霊神社に祭られたんです」

「天皇でない天皇というのが、何のことか、わかりますか？」

と、十津川は、きいた。

「亡くなった早良親王は、崇道《すどう》天皇と贈り名されたんですが、歴代天皇の系譜には、記されていません。そのことじゃありませんか」

と、相手は、いった。

「ありがとう。助かりました」

十津川は携帯を切ると、すぐ手をあげて、タクシーをとめた。

2

上御霊神社は、御所の北約九百メートルの場所にあった。

御霊《ごりょう》という感じの神社だった。

十時三十分まで、まだ十二分の余裕があったので、十津川たちは暑さを避けて境内に入り、社務所で更に詳しい話を聞いた。

聞いた話の中で、十津川の興味を引いたのは、この上御霊神社には、早良親王の他に、他戸《おさべ》親王や、吉備真備《きびのまきび》といった、いずれも非業の死をとげた合計八人が、祭られているということだった。

同じ御霊神社の下御霊神社は、御所の南にあるから、二つの御霊神社で、御所を、はさんでいる形になっている。

いかに当時の為政者が、無念の死をとげた人々の怨念を恐れていたかということだろう。御所の北と南に鎮魂の神社を建て、御所に災いが入って来ないことを、願ったのではないのか。

「犯人の狙いは何なんでしょうか？　この上御霊神社に、私たちを案内した動機ですが」

亀井が、いった。

「今、それを考えていたんだよ」

十津川は、境内を出ながら、いった。

「犯人は最初、祇園祭に、私に接触してきた。考えてみると、祇園祭というのは、もともと八六九年に、京都に疫病が流行し、牛頭《ごず》天王（スサノオノミコト）の祟《たた》りに違いないと恐れ、その祟りをまぬがれようと神器を出し、六十六基の鉾を立てて悪魔退散を祈願したのが始まりだと書いてあった。だから正式な名前は、祇園御霊会《ごりょうえ》というらしい」

「また霊ですか」

「次に犯人は、六道の辻へ来いといった。あの世とこの世の境で、あそこにある六道珍皇《ちんこう》寺《じ》にある井戸は、あの世へ通じているともいわれる。あそこも怨念とか、霊に関係している場所なんだ。そう考えてくると、犯人がやたらに、それに拘《こだわ》っているのが、わかってくるよ」

「怨念ですか」

「京都の町自体、怨念の地と考えてもいいんじゃないかね。歴代の為政者は、それをいかにして、なぐさめるかに苦労してきたといってもいいんだ」

「今、はやりの安倍晴明《あべのせいめい》なんかを使って、そういう怨念から都を守ったというわけでしょう」

「平安京は、怨霊が歩き廻っていたから、カメさんのいう安倍晴明みたいな人間も必要だったんだろう。晴明の他に、京都では、比叡山の十八代天台座主《ざす》だった良源という坊さんも有名らしいよ。超能力者で、京の町に巣くう魔物《まもの》を全て退治したといわれている」

「よく、ご存じですね」

「今回の犯人と戦うので、必死になって、勉強しているんだよ」

と、十津川は苦笑した。

上御霊神社の入口で、二人は立ち止まった。

十時三十分になっている。

犯人は何処からか、十津川たちを見守っている筈だった。

案の定、十津川の携帯が鳴った。

「なかなか勉強しているじゃないか。感心だ」

犯人は、人を小バカにしたようないい方をした。

「こんなバカバカしいことは、いい加減に止《や》めようじゃないか。私を殺したいのなら、堂々と対決したまえ」

十津川は、怒りに委《まか》せて、いった。

「おれは結構楽しいがね。それに、あんたを殺しても仕方がない」

「私を、どうしたいんだ？　それをいってみたまえ」

「おれたちに、参りましたと頭を下げさせてやりたい。その上で警察を辞めさせる」

と、犯人は、いった。

「やっぱり、女が一緒か」

「そんなことは、とうにわかっていたんだろうが」

「君自身の恨みでなく、彼女の恨みか？」

「おれたちは、一心同体だ」

と、犯人は、いってから、

「あんたは、もう二回、おれたちに負けてるんだ。記者会見を開いて、敗北を認め、即座に警察を辞めると発表したらどうだ？　そうしたら、奥さんを無事に帰してやるよ」

「君は、間違いをしたんだ」

「何のことだ？」

「刑事というのは、家族を人質に取られて、それをネタに脅《おど》かされても、犯人に妥協することは許されないんだよ。君はそれを忘れている」

「じゃあ、あんたは奥さんを殺されても、構わないのか？」

「それが刑事の義務だし、家内もわかってくれている筈だ」

「ふーん」

と、犯人は、鼻を鳴らした。

「君も男だろう。男なら裸で私と対決したらどうなのかね？」

十津川は、挑発するように、いった。

とたんに、なぜか犯人は急に激しい口調になって、

「よし！　希望通り、対決してやろうじゃないか！」

と、いった。

「ここに来るのか？」

「いや、今夜九時に、ある場所で待っている。そこへ来い。一人でだ」

と、犯人は、いった。

「九時に、何処だ？」

「あの世へ行って、戻って来い。そこで、おれは待っている」

「あの世だな？」

「そうだ」

「会う場所は？」

「それは、頭を働かせて考えろ！」

「考えろ？」

「あんたは刑事だ。つまり、役人だろうが。いいか、おれは、無茶苦茶に腹を立てているんだ。午後九時までに来なかったら、間違いなく、あんたの奥さんを殺すぞ！」

電話は犯人が、一方的に切ってしまった。

3

「あの世へ行って来いと、いいやがった」

と、十津川は、亀井に、いった。

「例の六道の辻のことでしょう」

「ああ、そうだと思うが、わからないことがある。第一は午後九時に、一対一で、会いたいといいながら、場所をいわなかったことだ。もう一つは、急に怒り出した理由だよ」

と、十津川は、いった。

「私にも不思議ですね。犯人は、われわれに対して優位に立っている筈なんです。だから、われわれは奴に引きずり廻されているわけでしょう。当然、犯人は余裕がある筈なのに、何故、急に怒ったんですかね？」

「私が、男らしく勝負しろといったのが、よほど、犯人の自尊心を傷つけたのかも知れないな」

と、十津川は、いった。

「それなら、わかりますが」

と、亀井は、いってから、

「午後九時なら、まだ時間の余裕はありますが、会う場所が、わからないのは困りますね」

「私のことを役人だろうと、決めつけるように、いった」

「確かにわれわれも、公務員ですが――」

「何か意味があって、いったのではないかと思っているんだがね」

「単に、役人嫌いなんじゃありませんか」

と、亀井は、いった。

「私が会う場所をきいた時に、犯人はいったんだよ。あんたは、役人だろうとね」

「役人と会う場所が、どう関係してくるんですかね？」

亀井も、首をかしげた。

「とにかく、六道の辻に行ってみよう」

と、十津川は、いった。

タクシーを拾って、先日、見に行った六道珍皇寺《ちんこうじ》の中にあるエンマ堂に向った。

八月七日から十日の六道参りの時には、善男善女であふれるのだろうが、今日はまだ、静かだった。

二人は、エンマ堂に入った。

二つの木像が、威圧するように並んでいる。

亀井は、それを等分に見て、

「こちらのエンマ大王はわかりますが、もう一人は誰ですか？」

と、十津川に、きいた。

「――――」

十津川は黙って、じっと木像を見つめている。

「どうされたんですか？」

亀井が、きく。

「この男だよ」

「この木像の男ですか？」

「名前は、小野篁《おののたかむら》といって、平安時代の学者だが、朝廷で働いていたといわれる」

「つまり、役人ですね」

「犯人は、この小野篁と私が同じ役人だということを、いいたかったんだろう」

「なるほど、役人らしい恰好をしていますね」

と、亀井は、肯《うなず》いてから、

「この男が、どう関係してくるんですか？」

「聞いた話では、この小野篁は、昼間は役人として朝廷に出仕しているが、夜になるとあの世へ行って、エンマ大王の下で働いたといわれている」

「では、この六道の辻から、あの世へ行っていたわけですね」

「正確にいえば、この寺の境内にある井戸から、あの世へ行ったといわれている。小野篁が井戸からあの世へ行ったように、犯人は、私にもそうしろといっているんだろう」

「それなら午後九時に会う場所は、この六道珍皇寺でしょう。井戸から入って、井戸から戻って来るんでしょうから」

と、亀井は、いった。

「カメさんのいう通りなら、その通りなんだがね」

十津川は、いい、寺務所に行くと、そこにいた人間に、小野篁のことをきくことにした。

「ここには親しい人を亡くした方々が、お見えになります。エンマ大王にお願いすれば、あの世で極楽に行けますから。小野篁さんは、そのエンマ大王に仕えた人なので、この人にもお願いしようということですね。八月七日から十日までの六道参りの時には、皆さんが集って、あの世まで届けと寺の鐘をおつきになります」

と、いう。

「小野篁さんですが、この寺の境内の井戸から、あの世へ行ったと聞いたんですが」

「その通りです」

「この世へ戻って来る時も、同じ井戸を使ったんですかね？」

と、十津川は、きいた。

寺務所の人は笑って、

「これはあくまで言い伝えですが、小野篁さんは、この寺の井戸を通ってあの世へ行き、帰る時は嵯峨野《さがの》のお寺の井戸を通ったといわれています」

「嵯峨野の何というお寺の井戸ですか？」

「福生寺《ふくしようじ》ですが、この寺は今はありません」

と、相手は、いった。

「今はもうないんですか」

（犯人はそれを知っていて、あの世へ行って来いといったのか？）

「もう一つ、お聞きしますが、このあたりが、どうしてあの世と、この世の境といわれたんでしょうか？」

と、十津川は、きいてみた。

「この寺の前の通りは、松原通りといいます」

「はい」

「昔の五条通りです。今、五条大橋に、牛若丸と弁慶の像がありますが、牛若丸の時代の五条大橋は、この前の通りの先にかかっている松原橋なのですよ。これは余計な話ですが」

と、相手は笑ってから、

「昔はこのあたり、というのは清水寺の南一帯ということですが、死体を葬送する場所だったんです。松原通りなどは死体が無残に横たわっていたといわれます。死体を運んで来て、放置したんでしょうね。一面に死臭が漂っていたといわれています。平安時代というのは、一面で、文化が爛熟し、美しく華やかなイメージがありますが、反面、野原に死体が晒《さら》されて、それを野犬やカラスが突っついているというイメージもあるわけです。ですから都に鬼が出たりするんでしょうね。この近くの六道の辻に、あの世への入口があると思ったのも、当時の人々が眼の前に累々《るいるい》と横たわる死体を見ていたからだと思いますね」

「このあたりは当時、死者の亡霊がさ迷っていたということですね」

「そうですね」

と肯き、寺の前の「みなとや」という飴屋の話をしてくれた。

その話は、こんなものだった。

昔、むかしの話。夜になると飴屋に、飴を買いに来る女がいた。飴屋の主人は、その女のことが気になって、ある夜、彼女の後を追《つ》けた。ところが、ある墓の前で、女が、ふっと消えてしまった。主人は怖くなると同時に、この不思議を解明したくなって、今度は僧侶を連れて来てみた。すると墓の下から、赤ん坊の泣き声が聞こえてきた。そこで、その墓を掘り起こしてみると、女の死体の傍で、赤ん坊が飴をしゃぶっていたという。彼女は赤ん坊にやる乳が出ないので、毎夜、飴玉を買っては、赤ん坊にしゃぶらせているのだった。

「今でも、寺の前の『みなとや』では、八月七日から十日の六道参りの時、幽霊の女が買ったという幽霊飴を売っています」

と、寺務所の人は、いった。

4

寺の前には、なるほど、「みなとや」という飴屋があった。

十津川は、改めて京都の町の古さを実感した。寺務所の人の話が本当なら、あの店は、平安時代からあったことになる。

そういえば、よく京都では、「あの戦争の前」というと、太平洋戦争のことではなく、応仁の乱のことだといわれるのを、十津川は思い出した。

京都名物のみたらし団子は、下鴨神社の境内で売っているし、あぶり餅は今宮神社の参道で売られているが、共に、平安時代から作られているといわれる。つまり、戦前からである。

「さて、これからどうするかね」

と、十津川は、思案した。

「嵯峨野へ行ってみましょう。行って、福生寺の跡を探そうじゃありませんか？　私も手伝いますよ」

「そうだな。自分の眼で、前もって戦場を、確認するのも悪くないな」

と、十津川も、いった。

亀井が手をあげるとすぐ、個人タクシーが、走って来て、二人の前にとまった。

制服姿の運転手が、ぱっと飛びおりて来て、ドアを開けた。

二人はリア・シートに腰を下してから、

「珍しいね」

と、十津川は運転手に声をかけた。

「ドアのことですか。京都では外国人のお客さんが多いんです。皆さん、日本のタクシーのドアが自動的に開くのに慣れていらっしゃらなくて、びっくりされるんです。突然、開いたドアにぶつかって、怪我をする方もいらっしゃるんですよ。それで、これではいけないと思いまして、ドアは私が開けて差し上げることにしたんです」

運転手はバックミラーを見ながら、説明した。

「なるほど。いろいろと、考えているんだ」

「京都のタクシー業界も、最近は競争が激しいので、何か特徴を出しませんと」

「ところで嵯峨野に、昔あった福生寺というのを知っているかな？」

と、亀井が、きいた。

「知っていますよ。小野篁があの世へ行って、戻って来る時に使ったお寺でしょう？」

「よく知ってるね」

「京都のタクシーですからねえ。毎日、いろいろと勉強しています」

運転手は、いい、

「そこへ行くんですか？」

「お願いする」

と、十津川は、いった。

タクシーは動き出した。

松原橋を渡って、西へ向って走って行く。外は西陽が眩しいのだが、車内はクーラーが利いていて、心地良かった。

車は四条通りに廻り、桂川に向う。

桂川にぶつかると、川に沿って、渡月橋に向った。

川面《かわも》に、西陽が反射して眩しい。

十津川が眼を細めた時、ふいに眠気が襲った。

「カメさん」

と、呼ぼうとしたが、声にならなかった。

（エーテルか何かを嗅《か》がされたのか？）

頭の中の思考まで、鈍くなってきた。

「し・ま・っ・た――」

亀井が呟く声も、次第に聞こえなくなっていった。

5

鐘の音で十津川は眼を開けた。

頭がぼんやりと、重い。

鐘の音は続いている。寺の鐘の音だ。

周囲はすでに暗くなっていた。多分、午後七時は過ぎているだろうが、正確な時刻は、わからなかった。

「カメさん」

と、呼んでみたが返事はない。

十津川はのろのろと、立ち上った。

周囲に雑草が茂っている。

月明りの中で、十津川は周囲に眼を凝《こ》らした。

何かの廃墟の中の感じだった。

寺の本堂のような建物が見えるが、屋根は崩れて明りもついていない。

その向うに塀が続いていた。ところどころ崩れた土塀のようだった。

十津川は眼の前の建物に向って、歩いて行った。

屋根のこわれた寺の本堂か。

汚れて字の見えない額が、かかっている。十津川はこわれて危っかしい階段を登って行き、ライターをつけて額の文字を読んだ。

福生寺

と、読めた。

本堂の奥にある筈の仏の像は、一つも無かった。

文字通り、荒寺の感じだった。

(ここは、本当に、自分たちの探していた福生寺の跡なのだろうか？)

十津川には、わからなかった。

あの制服姿の運転手に、エーテルで眠らされて、ここまで運ばれてしまった。

あの男は、十津川が六道珍皇寺に来るのを予期して、じっと待っていたのだろう。

（こちらの動きを読まれている）

犯人は、身代金として一億五千万円を手に入れているのだ。

それを使えば、たいていのものが手に入るだろう。

十津川たちを乗せた個人タクシーの車体は、キャデラックだったが、新車でも一千万円以下だし、個人タクシーらしく擬装しても、一千万あれば全て出来るだろう。

制服姿で帽子をかぶっていた運転手は、声が犯人と違っている。

女が一緒の筈だから、彼女が男に化けていたのか、それとも、三人目の共犯者がいるのか。

十津川は、もう一度ライターをつけ、煙草に火をつけてから腕時計を見た。

午後八時五十分。

あと十分で、犯人のいった午後九時となる。あの犯人は必ず、ここに現われるだろう。

それまでに、もう少し周囲を見ておきたかった。

雑草の中に、飛び石が並んでいる。

十津川は足もとに注意しながら、奥へ向って歩いて行った。

星明りの中に、古井戸らしきものが見えた。

（これが、小野篁の使ったという古井戸か）

中をのぞき込んだが、暗くて見えない。ただ、水のない空井戸《から》だということは、わかった。

傍の地面から小石を拾いあげて、井戸に投げ込むと、十津川は耳をすませた。

石が底に当る音は、聞こえて来ない。その代りに、突然、人の呻《うめ》き声が井戸の底から聞こえた。

十津川は、あわてて新しい小石を拾った。今の呻き声が幻聴のようにも思えたからである。

今度は、そっと小石を投げ、耳をすませた。

また、人の呻き声が聞こえた。今度は、はっきりと呻き声とわかった。

「誰かいるのか！」

と、十津川は身を乗り出すようにして、叫んだ。

しかし、聞こえるのは呻き声だけだった。

十津川は、ふと、直子ではないかという気がした。

「直子じゃないのか！」

と、十津川は、叫んだ。

「直子か！」

「その通りだよ」

背後で男の声がした。いや、犯人の声がした。

十津川は振り返った。

黒い人影が立っていた。暗いので、顔は見えないが、犯人であることは明らかだった。

「ここは、昔の福生寺なのか？」

と、十津川は、きいた。

「さあ、どうかな。おれが作った廃墟だからな。しかし、あんたの奥さんにとって、そこの井戸が、あの世とこの世の境であることは、間違いないな」

と、犯人はいった。

「直子は本当に、あの井戸の中にいるのか？」

「ああ、間違いなくいる。心配しなさんな。すぐには死なないよ」

「亀井刑事は？」

「本堂の奥で、まだ眠っている筈だ」

「二人をどうする気だ？」

「それは、あんた次第だよ」

と、犯人は、いった。

「どういう意味だ？」

十津川が相手を、睨《にら》みつけて、きいた。

「あんたがおれに負ければ、あんたの奥さんは死ぬ」

「死ぬ？」

「そうさ。あの古井戸の中で死ぬんだ。昔、むかし、小野篁は井戸を通ってあの世から戻って来たが、あんたの奥さんは、あの井戸を通って、あの世へ行くことになる」

犯人は、楽しそうに、いった。

（くそ！）

と、十津川が、飛びかかろうと身構えると、犯人はそれを察して、二、三歩退いた。

犯人はそのまま、右腕を前に伸した。暗いので、一瞬拳銃を向けたのかと思って、はっとしたが、向けられたのは指だった。

「いいか」

と、犯人は脅かすように、いった。

「あんたの態度一つで、あの井戸には水が注入されて奥さんは死ぬぞ。それを考えろ」

「何故、そんなことをする？　私にどんな恨みがあるんだ？」

と、十津川はきいた。

「わからないのか?」

「わからないな」

「考えろ!」

と、犯人は叫んだ。

「私は、君という人間に、記憶がないんだ。君の顔にも記憶がないし、声も、今回の事件で、初めて聞くものだ。これは嘘じゃない。私が君に何かしたのなら教えてくれ」

と、十津川は、いった。

「駄目だ」

と、犯人は、いった。

「どうして駄目なんだ?」

「奥さんを助けたかったら、考えろ。苦しめ!」

犯人は、叫ぶように、いった。

「何度もいうが、私は、君を苦しめた記憶はない」

「あと一時間やる」

と、犯人は、いった。

「リミットは午後十時三十分だ。それまでに、何故、自分が恨まれているか気づいたら、おれに電話をしろ。そうしたら、井戸の中の奥さんの助け方を教えてやる。念のためにいっておくが、井戸に降りて下手に助けようとしたら、その瞬間、水があふれ出て、奥さんは溺《おぼ》れ死ぬからな。必死で考えろ！」

犯人は、後ずさりして行く。

「私は、君の携帯の電話番号を知らん。何番だ？」

「それは、本堂にあがればわかる」

犯人は、更に、後ずさりして行き、ふいに、暗闇の中に消えてしまった。

十津川は本堂に駈け上った。

そこも暗い。ライターに火をつける。

それを、かざすようにして、奥へ進むと、人が倒れているのが見えた。

亀井だった。

「大丈夫か？」

と、声をかける。

亀井は、軽い呻き声をあげながら、起き上った。

「警部ですか」

「大丈夫か？」

と、もう一度、きいた。

「何とか生きています」

亀井らしい言葉が出たので、十津川は、ほっとした。

「ここは何処ですか？」

と、亀井が、きく。

「わからん。破れ寺《や》だ」

「奥さんは見つかりましたか？　犯人は？」

「ここに、電話番号を書いたものはないか？」

十津川はライターで、床を照らしてみたが、何も見つからなかった。

(犯人は、嘘をついたのだろうか？)

しかし、そんなことで犯人は嘘をついても仕方がないだろう。

亀井がポケットに手を入れて、

「何か入っています」

と、いった。

ポケットから、何かを取り出した。

紙片と、花かんざしだった。

それを十津川が、ライターで照らす。紙片には電話番号が、書かれていた。

(しかし、花かんざしは、何の意味だろう?)

十津川はライターを消した。油が切れるのが怖かったからだ。

二人は本堂の外に出た。

幸い、雲が切れて月が出ていた。

「家内は、この井戸の中だ」

と、十津川は、いった。

「大丈夫なんですか?」

「空井戸だから大丈夫だと思うんだが」

「じゃあ、何とかして、助けましょう」

「しかし、犯人は、助けようとして、井戸に降りたりしたら、水が出て死ぬと脅していた」

「信じるんですか?」

「それがわからなくて、困っているんだ」

「じゃあ、府警に電話して、助けを呼びましょう。レスキュー隊に来て貰いましょう」

と、亀井は、いった。

「それが、あと一時間しかないんだ」

「何ですか？　それは――」

「犯人が一時間以内に何故、恨んでいるのか気がつけば、家内が助かる方法を教えると、いっている」

「一時間以内にわからなければ、どうなるんですか？」

「自動的にあの井戸に水が入って来て、溺死《できし》するといっていた」

「とにかく、府警に電話して、助けを呼びましょう」

と、亀井は、いった。

十津川は携帯で、府警の矢内原警部にかけた。

簡単に事情を話して、

「至急、レスキュー隊に来て貰って下さい」

「場所は、わかりますか？」

「わかりません。廃墟のような寺です。嵯峨町の中だと思いますが」

「嵯峨町に、そんな廃墟みたいな寺はありませんがね」

「じゃあ、犯人が作ったんだと思います」

「作った？」

「犯人は、一億五千万円の身代金を手に入れているんです。何でも作れますよ」

と、十津川は、いった。

「何か目標になるものは、ありませんか？」

と、矢内原が、きく。

二人は、塀の外に出てみた。

月明りの中に広がっているのは、竹林だった。

家の明りらしきものは、見えない。細い道が通っているのだが、人の気配もない。

昔の街道なのだろうか？

「こっちに、道祖神《どうそじん》がありますよ！」

と、亀井が、叫んだ。

確かに、そこに、二体の道祖神が、並んでいた。

「寺の前は、旧街道のような細い道で、広い竹林が広がっています。そして、二体の道祖神があります」

と、十津川は、矢内原に、いった。

「どんな道祖神ですか？」

「ちょっと変っています。二人とも日本風じゃなくて、中国風の男女です」

「唐風ということですか？」

「そうです」

「他に、何か目印はありませんか？」

と、矢内原はきく。

十津川は、携帯を耳に当てたまま、周囲を見廻した。

川の音が聞こえた。

「川の音が聞こえます」

「だいたいの想像はつきます。これからレスキュー隊に連絡して、急行します」

「どのくらいかかりますか？」

「四十分で到着できると思います」

と、矢内原は、いった。

「なるべく早く来て下さい」

と、いって、十津川は亀井と、また寺の中に戻った。

古井戸に駈け寄ってのぞき込む。

もちろん、中は暗く何も見えない。

「直子！」

と、大声で叫んだ。

返事はない。しかし、耳をすますと、また、人の呻き声が聞こえた。

古井戸の中で直子が、どんな状態なのか、わからない。

呻き声でしか、返事が出来ない状態に置かれているのかも知れなかった。

「ロープでもあれば、私が降りてみるんですが」

と、亀井が、いった。

「明りもなしでは、無理だよ」

と、十津川は、いった。そのあとで、

「君のポケットに入っていた花かんざしだが」

「これですか」

「多分、犯人が電話番号のメモと一緒に、入れておいたものだろう」

「何のためにですか？」

「犯人は私に、恨まれている理由を一時間以内に気づけと、いった。このかんざしは、それに関係があるんだと思う」

「謎解きのヒントですか」

「だと思う」

「しかし、ただの花かんざしですよ」

「いや、これは京の舞妓のかんざしだよ」

と、十津川は、いった。

「何故ですか？」

「舞妓は、毎月、その時の花を象《かたど》ったかんざしをつけることになっている。二月は梅というようにね」

「これはサクラだから、四月ですね。今は七月なのに」

と、亀井は、いう。

「そうだな。サクラだね」

「犯人の彼女が、舞妓だったというんでしょうかねえ。その彼女が警部のことを恨んでいるとか――」

「私は、犯人には全く記憶がないんだ。だから犯人の彼女に恨まれているのではないかとは、ずっと考えているんだがね」

と、十津川は、いった。

「京の舞妓に、恨まれているという心当りはありませんか？」

亀井が、きく。

「そんな艶っぽい記憶は、全くないんだが――」

「しかし、このかんざしは、舞妓がするものなんでしょう？」

「そうだ」

「それに、これはサクラです。ということは、警部のいわれるように、四月の舞妓ということでしょう。四月に舞妓に会って、何かあったということはないんですか？」

「四月か――」

と、呟きながら、十津川は、

「そういえば、去年の四月に京都へ来たことがある。大学の同窓生が、京都支店に赴任していてね。一泊二日で遊びに来たことがある」

「その時、お茶屋へ行って、舞妓を呼んだんじゃありませんか？」

「いや、市内を案内して貰ったのは覚えているが、お茶屋へ行って、舞妓を呼んだことはないな」

と、十津川は、いった。

「間違いありませんか？」

「ああ。間違いない」

と、十津川は、いった。

「では何故、犯人は、舞妓のかんざしなんか置いていったんでしょう？」

「念のために電話してみよう。友人は崎田《さきた》という名前なんだ」

と、十津川はいい、携帯で覚えている番号にかけた。

「崎田でございますが」

という女の声が、聞こえた。

「東京の十津川です」

「ああ、十津川さん」

「ご主人いますか？」

「それが――」

「どうかしたんですか？」

「主人は、亡くなりました」

「亡くなったって、いつですか？」

「今月の十五日です」

「十五日ですか」

「翌日、お電話したんですがいらっしゃらなくて」

と、いう。

十六日には、十津川は、京都へ来てしまっていたのだ。

「病気ですか？」

ときくと、崎田の妻の美香は、

「いいえ」

「事故ですか？」

「主人は自殺したんです」

と、いった。

「何故、自殺なんかを？」

「わかりません。十五日の夜、貴船《きふね》の森の中で自殺していました」

「遺書はあったんですか？」

「いいえ。何もありません」

「おかしいな。崎田は自殺するような男じゃないんですがね」

と、十津川は、いった。

「私にも、何が、どうなっているのか、わかりませんわ」

「あなたにも思い当ることはないんですか？」

「ええ。全くないんです」

と、美香は、いう。

「失礼なことをききますが、許して下さい。崎田があなたに隠して、借金をしていたとか、女を作っていたということはありませんでしたか？」

と、十津川は、きいた。

「警察の方にも親戚にも、同じことをいわれました」

「それで？」

「いくら調べても、主人が借金をしていたという証拠はありません。主人に貸したという方も、現われません」

「女性の方は、どうですか？」

「主人の遺品を調べましたけど、何も見つかりませんでした」

「舞妓さんと、噂になったことはありませんか？」

「舞妓さん——ですか？」

「そうです。京都ですから、舞妓さんと、付き合うチャンスもあったと思うんですが」

「そうですけど、主人は、平凡なサラリーマンで、接待でお茶屋さんへ行くこともありませんでしたから」

「崎田は京都が好きでしたね？」

「ええ。まだ、二年しか住んでいませんでしたけど、京都が気に入って、よく京都に関係した本を読んでいましたわ」

と、美香は、いった。

そのことは十津川も知っている。

「去年の四月十六日に、私がそちらに、泊めて頂いたのを、覚えていらっしゃいますか？」

と、十津川は、きいた。

「はい。久しぶりに、親友の十津川さんに会えたといって、はしゃいでいましたから、よく覚えていますわ」

「私も二年ぶりに崎田に会えて、嬉しかったんです。そのあと崎田に何か、変化はありませんでしたか？」

「いいえ。別に、変ったことはありませんでしたけど」

「もう一つ、ききにくいことを、おききしますが、彼はどんな形で亡くなっていたんですか？」

と、十津川は、きいた。

「林の中で、首を吊って――」

と、いう。

「そこは、彼がよく行く場所だったんですか?」

「近くに、貴船神社があって、有名な料亭があります。そのお店には主人と何回か行っています」

美香が、いった。

(そうだ。去年の四月に崎田と会った時も、貴船の料亭で食事をしたのだ)

と、十津川は思った。

貴船は、山の中腹にあって、市内より気温が低いので、夏、そこの料亭で涼を取りながら、食事をすることが多い。

「奥さんは、彼が、自殺したことをおかしいと思っていらっしゃるんですね?」

と、十津川は念を押した。

「ええ。でも、警察は自殺と断定しましたから――」

と、美香は、いった。

(このことが、今回の事件と、関係があるんだろうか?)

わからない。

しかし、十津川は必死に、去年の四月に、崎田と会った時のことを思い出してみた。

崎田は自分の車で、京都市内を案内してくれた。

貴船神社にも行ったし、近くの料亭で食事もした。

（しかし――）

と、思う。

食事に、舞妓を連れて行く人もいるが、あの時、二人は舞妓を連れていなかった。

貴船でだけでなく、あの時は、二人は、舞妓と会ってはいない。

夜、お茶屋へも行っていなかった。

それなのに、何故、犯人は、舞妓の花かんざしを、置いていったのだろうか？

これが、犯人の恨みの根元なのだろうか？

十津川は、時々、井戸をのぞき込んで、

「直子！　聞こえるか？　必ず助けてやるから、待っていろよ！」

と、大声で叫び、その合い間に、必死になって、去年の四月の二日間について、考え続けた。

十津川を歓待してくれた崎田が、もし、同じ犯人に殺されたのだとしたら、その動機は、同一だということになってくる。

（あの時、何があったのだろうか？）

第七章　生死の境から

1

崎田は殺された、と、十津川は思った。

七月十五日に崎田は自殺したというが、奥さんは信じていない。

十津川も信じられなかった。自殺でなければ、自殺に見せかけて殺されたのだ。

また彼女は、崎田が京都が好きで、気に入っていたという。

十津川も同感だった。

崎田は二年前に京都に移り住んだ。いわば他所者《よそ》である。

他所から京都へ引っ越した人間は、二つに分れるといわれる。片方は京都が気に入って、のめり込んでいくが、もう片方は京都に反撥し、京都に冷たいという。それだけ京都が、他の町と違うということなのだろう。

崎田は京都にのめり込んでいた。

京都を愛し、京都を研究した。それだけに、京都を汚すものを憎んだ。

普通の京都人は、怒りを柔らかな空間に包んで、相手にぶつけるのだが、他所者の崎田はむき出しで、ぶつけてしまう。

(そうだ。あの時も、そうだった)

ふっと、十津川の頭をよぎった光景がある。

去年の四月のことだ。崎田の家に泊めて貰い、彼に京都を案内して貰った。

石塀小路を歩いていた時である。

男と舞妓が並んで歩いてくるのと、すれ違った。こんな時、視線はどうしても、舞妓の方にいってしまう。だから、男の顔は全く覚えていなかった。

ただ、舞妓はニセ舞妓だった。

何年か前から、観光客の女性に、舞妓体験をさせるというサービスが生れた。普段は花街で舞妓さんの着付をするスタッフが、おしろいを塗り、紅をさし、ホンモノの衣裳を着せて舞妓に仕立ててくれるサービスである。記念写真と散策五十分で、一万三千円と、十津川は聞いていた。

このサービスには、賛否両論があった。

観光客が、喜んでいるんだからいいじゃないか、という人がいる反面、京都の文化を誤解させる恐れがあるという声もあった。

ニセ舞妓が、散歩中に大声でおしゃべりをしたり、煙草を吸ったりすれば、知らない人は、京都の舞妓は、そんな不作法なのかと誤解してしまうではないかという声は、事実あった。

崎田はこのサービスには、大反対だった。

あの時、遠くから見た時は、ホンモノの舞妓かニセモノか、はっきりしない。それが、近づくと嫌でもわかってしまう。この時も、ニセモノ舞妓は、美しくはあったが、肝心の愛らしさがなかった。その上、ガムを嚙んでいた。

崎田はそれを見て、相手にわかるような大きな舌打ちをして見せた。

それだけでなく、「ニセモノが！」と、声に出して、いったのである。

ニセモノ舞妓は、険しい表情で十津川たちを睨《にら》んだ。

その時はそれだけですんだのだが、清水寺に参拝したりしたあと、二年坂近くの喫茶店で休んだ時、崎田は、猛然とニセ舞妓批判を始めた。

「舞妓も、立派な京都の伝統文化なんだよ。それを観光客に迎合して、ニセ舞妓サービスなんか、何故やるんだろう。さっきのニセ舞妓を見たか。あんなものを許しちゃいけないんだ。あれは男だよ」

「男？」

「ああ、あれは男さ。グロだよ」

「そういえば何となく、柔らかさがなかったな」

「ああいう風に、どんどん妥協してしまうんだ。あんなものを許していくと、ホンモノの舞妓も、崩れてしまう」

崎田の批判は、どんどんエスカレートしていった。

崎田という男は昔から、激情家だった。京都に移ってからも、その性格は治らないらしかった。

十津川は、崎田の意見に賛成だったが、彼の声の大きさには、辟易《へきえき》した。店には十津川たちの他にも、何人かの客がいた。その人たちは、いずれも観光客らしいのだが、崎田が、観光客の扮するニセ舞妓について、えんえんと悪口をいい続けるので、十津川はハラハラしてしまった。

そのことを思い出したのだ。

犯人は舞妓の花かんざしを、ヒントに置いていった。あれは、ニセ舞妓の花かんざしだったのだ。

あの時は四月だから、春の花、サクラの花かんざしなのではないのか。

とすると、あの時、石塀小路で会った男と、ニセ舞妓が今回の事件の犯人なのか。

「しかし、自分の連れの女をバカにされたということで、こんな徹底した復讐をするでしようか？」

亀井が、いう。

「だが、他に私には思い当ることがないんだ。友人の崎田が、自殺に見せかけて殺されたとすると、あのニセ舞妓が、まず思い出される。四月のサクラの花かんざしも、ぴったりと一致する」

と、十津川は、いった。

「その時の男の顔を思い出せないんですか？」

「ああ。ニセモノでも、華やかな舞妓姿の女と、男が並んで歩いてくれれば、どうしても、眼は舞妓の方にいってしまうからね」

「確かに、そうですね」

「だから、あの時の男が今度の犯人だという自信はないんだ。しかし、今もいったように、他に思い当ることはない」

十津川は断言した。

「今、警部は、その時、崎田さんがあのニセ舞妓は男だよといったと、いわれましたね」

「確かに、そういったんだ」

「もし、その言葉が正しいとすると、ニセ舞妓は、男が舞妓に扮していたことになりますね。つまり女装です」

「ああ、そうだ。そうなんだ」

と、十津川は、大きく肯《うなず》いた。

今回の犯人は、誘拐事件を起こして、十津川に挑戦してきて、揚句《あげく》に彼に女装させたのだ。

しかも、十津川を女装趣味の男たちに襲わせ、気絶させて、それを写真に撮ったのだが、その目的は、十津川を辱しめることだったことは明らかなのだ。

これが復讐だとすれば、一年前のニセ舞妓の件と、ぴったりつながってくることはくる。

「ひょっとすると、二年坂の喫茶店に、あの二人もいたのかも知れないな。すれ違った時は、ただ崎田が、舌打ちをして、ニセモノが！　といっただけだからね」

と、十津川は、いった。

「では、喫茶店に、そのニセ舞妓もいたんですか？」

「舞妓の恰好のままなら、すぐ気づくさ。いたとしても、着がえて来ていたんだと思う。今もいったように、男の方の顔は全く覚えていないし、ニセ舞妓の方も着がえて、おしろいや、紅を落してしまえば、全く気づかなかったと思う」

「そこでの崎田さんのニセ舞妓批判は、そんなに激しかったんですか？」

と、亀井が、きいた。

「ああ、崎田は、日頃の持論を熱っぽく展開したんだ。あいつは何よりも、ニセモノが嫌いでね。歴史と伝統のある京都に、一番ふさわしくないのは、ニセモノだといい、その典型が、ニセ舞妓だというんだ」

「石塀小路で、すれ違ったニセ舞妓のことも、崎田さんは大声で、批判していたんですか？」

「もちろんだ」

「それを二人が、店の中で聞いていたとすれば、腹を立てるでしょうね」

「崎田はくそみそに、いったからな」

「しかし、それでも殺人や誘拐や祭ジャックに走るのは、ちょっと考えにくいんですが」

と、亀井は、いった。

「しかし、あの二人は、それを実行したんだ。まず、崎田を自殺に見せかけて殺し、刑事の私に対しては、祭ジャックを実行して、彼等のいうゲームに引きずり込み、今は家内を古井戸に閉じ込めているんだ」

十津川は怒りを込めて、いった。

その時、彼の携帯が鳴った。

2

「間もなく、タイムオーバーだぞ」

と、犯人の声が、いった。

「私はどうでもいいが、家内は助けて欲しい」

と、十津川は、いった。

「何処かで聞いたようなセリフだな。ぜんぜん面白くないね」

「もし、家内が死んだら、必ずお前たちを殺してやる」

「今度は脅しか？　刑事が、そんなことを口にしていいのかね？」

「家内が死んだら、私は警察を辞める」

と、十津川は、いった。

「それより、どうして自分たちが、そんな目にあうのかわかったのか？」

と、犯人がきいた。

「去年の四月、私と崎田は石塀小路で、ニセ舞妓と男の二人連れと、すれ違った。あの時の二人連れが、君たちなんじゃないのか？」

「それだけか？」

「崎田はニセ舞妓が嫌いだから、すれ違ったとき、大きな舌打ちをしてけなした。それから一時間くらいあと、二年坂近くの喫茶店で、崎田は持論を大声で喋《しゃべ》った。君たちは着がえて、たまたまあの店にいて、それを聞いたんじゃないのか？」

「そこまでは正解だ」

と、犯人は、いった。

「あのニセ舞妓は、男だったんじゃないか。君の連れは女装趣味の男で、あの時、舞妓の女装をして、得意になっていた。それを私と崎田が、めちゃめちゃにけなしたので、君の連れは傷つき、君は復讐を誓った。まず、今月の十五日に崎田を、自殺に見せかけて殺し、次に私を、京都に引きずり出して女装させて辱しめ、今、私の家内を殺そうとしている。もう充分だろう」

十津川は、携帯を耳に当てたまま、前方の暗がりを見すえた。

そこに、犯人がいるようにである。

「さすがに、十津川警部だ。いいところまでいっている」

犯人は、小バカにしたようないい方をした。

「他に何があるんだ？」

と、今度は十津川の方が、問いかけた。

「いいか。いっておくぞ」

急に犯人の語調が、険しくなった。

「お前に、おれと彼女の悲しみや、怒りがわかるか？　崎田は、わからないままに死んでいった。お前もわからないままに、嫁さんを死なせることになるぞ。それがおれたちのお前に対する復讐だ。お前みたいな男には、その方がこたえるだろうからな」

「私がいったことの何処が、間違ってるんだ？　いってくれ」

「くたばれ！」

「去年の四月に、石塀小路ですれ違ったのが、君たちなんだろう？　違うのか？」

「あと、十分やろう。最後の十分間だ。嫁さんを助けたければ、その十分間に、もっと深く考えてみろ！」

電話が、切れた。

「もっと深く考えろといいやがった」

十津川は、足元の小石を思い切り蹴飛ばした。それが古井戸に当って、鈍い音をたてた。

反射的に彼は、井戸に首を突っ込み、

「直子！　すぐ、助けてやるぞ！」

と、怒鳴った。

だが、直子の返事は、聞こえて来ない。

「あと、十五分です」

と、亀井が、いった。

「何が？」

「府警の矢内原警部は、さっき、四十分で、着くといったんでしょう。あと十五分です」

「犯人は、あと十分といった。十分たったら、あの井戸に、水を流し込む気だ」

「五分足りませんね」

「犯人は、冷静に、いや、冷酷に計算しているんだ。京都府警が、ここに駆けつけても、四十分かかる。それをだよ。だから、十分待つといったんだ」

と、十津川は、いった。

「ニセ舞妓のことは、正しかったんでしょう？」

「それは、間違っていなかったらしい」

「それなのに犯人は、警部の奥さんを殺すといっているんですか？」

「ああ」

「どうしてなんです？　去年の四月に、ニセ舞妓になって、得意になっていたら、警部と崎田さんに、こっぴどくけなされて頭に来た。ニセ舞妓の彼氏が同情して、復讐を始めた。その何処が間違っているんでしょう？」

「間違っているとは、いわなかった。もっと深く考えろと、いっただけだ。私をからかっているとは思えなかった。真剣に腹を立てて、もっと深く考えてみろと、いったんだ」

と、十津川は、いった。

「犯人の連れが女でなく、男だということですかね。その男が女装好きで、去年の四月、舞妓になっていた。それが、深く考えろということの意味でしょうか？」

亀井が、きく。

「いや、そのことは、犯人に、いったよ。だから、私に女装させたんだろうとね。ぶざまな女装姿を写真に撮って、復讐しようとしたのじゃないかとも、いった」

「違うというんですか？」

「いや、違うとはいわなかったから、当っていたんだろう」

「それなら、犯人は、何に文句をいってるんですか？」

「カメさんは、さっき、いっていたよね。それだけのことで、人を殺したり、祭ジャックをしたり、誘拐したりするだろうかと」

「ええ。しかし、それは正常な神経の持主のことを考えているんです。今回の犯人は、狂気に支配されているかも知れません。警部の奥さんを、古井戸に閉じ込めて、水を流すぞといって脅かすなんて、正常な神経とは思えません」

と、亀井は、いった。

「確かに犯人と連れは、普通じゃないと、私も思う。しかし、それでも、犯人には何かいいたいことがあるんだと感じるんだよ。それを私に知って貰いたがっているんだ」

と、十津川は、いった。

「そうでしょうか？」

「犯人に対して、私は、去年四月のニセ舞妓の話をした。あの時のニセ舞妓と連れの男が、君たちじゃないかとね。そうしたら、気がついたかと、相手はいった。ところが犯人は、突然、激した口調になって、私には本当の怒りがわかっていない、といった」

「本当の怒りって、何なんですかね？　崎田さんがニセ舞妓のことを、非難しただけでしょう。そのニセ舞妓が実は男だったというのは、普通と違いますが、警部と崎田さんがそのニセ舞妓を、殴り倒したわけじゃないでしょう？」

「言葉で殴り倒したかも知れない。犯人の連れが舞妓姿になって、嬉しがっていたら、傷ついたとは思うがね」

「それでも崎田さんを殺したり、祭ジャックしたり、揚句に、警部の奥さんを古井戸に閉じ込めるなんていうのは、異常そのものだと思うんですよ」

「ロープがあれば、井戸に降りられるんだが――」

十津川が、呻《うめ》くようにいった。

「浅ければ、私が飛び降りますが」

「駄目だ。かなりの深さがある」

「しかし、何とかしないと――」

「あと、五分か」

と、呟いてから、十津川は、

「犯人たちが現われたら、家内が死んだら、どんなことをしてでも、奴等を殺してやる」

「ここに来るでしょうか？」

「来るさ。犯人は自分たちの本当の苦しみをわかるかと、叫んだんだ。そんな人間が、遠く離れた場所から遠隔操作で、井戸に水を流し込むとは考えられない。ここへ来て、自分の眼と耳で、あの古井戸に水が流れ込むのを肌で感じたい筈だ。その上、私が苦しむのを見て、快哉《かいさい》を叫びたい筈だ」

と、十津川はいった。

「その時に備えて、何か、武器になるものがあればいいんですが――」

亀井が、いう。

「いざとなれば、素手でも殺せるさ」

と、十津川は、いった。

3

かすかに、車のエンジン音が聞こえた。

(京都府警の車か)

と、十津川は眼をあげたが、それならサイレンを鳴らし、猛スピードでやって来るだろう。

車のエンジン音が消え、二、三分すると、月明りの中に、二人の人影が現われた。

顔ははっきりしないが、背恰好は、同じくらいに見えた。

「時間が来た」

と、片方が、いった。犯人の声だった。

「死刑の執行に来たのか」

十津川は、二人に向って、いった。

「宣告に来たんだ。死刑の方は、機械が、正確にやってくれる」

と、犯人は、いった。

十津川は、相手との距離を計っていた。飛びつける距離まで、近づいて来ない。

「もう一人の刑事は、どうした？」

犯人は、ゆっくりと周囲を見廻してから、ポケットから、発信機を取り出した。

「その辺に隠れているんだろうが、無駄なことは止《や》めろ。この発信機が見えるか？　隙《すき》を見て、飛びかかる気だろうが、その瞬間、おれはこのスイッチを押す。あっという間に井戸は水で一杯になって、十津川の嫁さんは死ぬぞ。すぐ出て来い！　出て来なければ、今すぐスイッチを押すぞ！」

と、犯人が叫んだ。

亀井がゆっくり、本堂の中からおりて来た。

「二人で、そこへ並べ！」

と、犯人が命令する。

そのあと犯人は、勝ち誇ったように、

「嫁さんを助けたいか？」

と、十津川に、きいた。

「当り前だろう」

十津川が、いう。

「そこに土下座して、おれの連れに謝れ。申しわけありませんでした、とだ」

「そうすれば家内は、助けてくれるのか？」

「さあ。連れが満足すれば、助けてやってもいいが」

と、犯人はいってから、傍《かたわ》らにいる人間に、小声で、何か話しかけている。

そのあとで犯人は、視線を十津川に戻した。

「今、彼女が、一つの提案をしてくれた。あんたに、最後の懺悔《ざんげ》の機会を与えてやろうというんだ。間もなく京都府警の連中がやって来る。パトカーのサイレンが聞こえたら、その瞬間、おれはこのスイッチを押す。それまでにどれだけ彼女を傷つけたか、懺悔するんだ。もし、彼女が満足したら、嫁さんの命は今日は、助けてやる」

「懺悔？」

「そうだ。時間がないぞ。早く始めろ！」

と、犯人は、大声を出した。

(何を懺悔しろというんだ？)

十津川は、困惑した。

今、眼の前にいる二人が、去年の四月に、一人がニセ舞妓になって、京都の石塀小路を歩いていて、十津川とすれ違ったのは間違いない。

その時、十津川の連れの崎田が舌打ちをし、一時間あまりあと、二年坂の喫茶店で、ニセ舞妓について激しく非難した。

そのことはもう、十津川は犯人たちに、いっている。

それに、犯人の連れが傷ついたであろうこともである。それ以上、何があるというのか？

しかし、このまま黙っていて、京都府警が、駈けつけて来たら、犯人は直子を殺すためのスイッチを押してしまうだろう。

(とにかく、喋らなければ——)

と、十津川は、思った。

「君の連れが去年の四月に、舞妓に扮していたことは、わかっている。男にしては、きれいだった。私自身は女装の趣味はないが、といって、女装趣味を別に悪いとは思っていない。歌舞伎だって男が化粧して、女を演じるんだからね。君がそんな友だちが好きでも、それは君の自由だ。私も十代の頃は友人に、ほのかな気持に近いものを感じ――」

「待て！」

急に、犯人が、さえぎった。

「お前は、何もわかってないじゃないか！　おれが、ゲイだとでも思っているのか！」

（二人は、友人ではなく、兄弟なのか？）

しかし、それで、こんなに怒り狂うものなのだろうか？

十津川は、必死に頭を働かせた。

（犯人は、連れの男のことを、彼女と呼んでいる。男としてではなく、女として感じているということなのか）

とすれば、これはゲイの感情ではないだろう。

ふいに一つの文字が、十津川の頭をよぎった。

（性）

という文字である。

それも、男と女という異った性の問題だ。

十津川は、男として生れ、男として育ち、それに悩んだことは、一度もない。これからだって、悩むことはないだろう。

普通の人間は、十津川と同じ筈なのだ。

女に生れれば良かったと思う男がいても、その反対がいても、根本的な悩み、不都合ではない。

「そこにいる彼女に話したい」

と、十津川は、呼びかけた。

「何なの？」

相手が、答える。

「私は、どうやら君のことを誤解していたらしい。単なる女装趣味の男と思った。そんな男が去年の四月、舞妓の恰好をして悦に入って、たまたま、すれ違った二人の男にニセ舞妓だとか、汚いとかいわれて、かっとなった。一緒にいたゲイの友だちと復讐を誓って、まず激しく批判した男を自殺に見せかけて殺した。もう一人の方は刑事だったので、まず、恥をかかしてやろうと考え、祇園祭をジャックしておびき寄せ、その後、彼を女装させてからかい、最後は彼の妻を、古井戸に閉じ込めた。私はそう考えたために、君の苦しみが、わからなかった。それどころか、ニセ舞妓と批判されたくらいで、復讐心に燃え、男と二人で人殺しまでするなんて、何ということだと、私は腹を立てたくらいだ」

「私のことを、何もわかっていない」

と、相手が、いった。

「そうだ。私は君のことを、何もわかっていなかった。女装趣味の男でもないし、ゲイでもないし、ニューハーフでもなかった。それが今、わかった。君は男として生れ、男として育てられた。だが、本来、女として育てられるべき人間だったんだ。男の名前がつき、戸籍上は男だが、君は女そのものだった。自分は女なのに、どうして男として扱われるのか、ずっと苦しみ続けてきたに違いない。そのうちに、君に恋人が出来た。そこにいる男だ。女だから当然、彼と結婚したい。だが法律がそれを許してくれない。君は多分、医師の証明書をつけて、法務局に申請していると思う。女としてしか生きられないのだから、といって。しかしその申請は、まだ受理されていないに違いない。受理されて君が正式に女として認知されていれば、こんな復讐劇は、生れなかったろうからね。君たちは去年の四月、京都にやって来た。君たちは新婚旅行のつもりで、楽しい旅行だったと思う。たまたま京都で、舞妓体験のことを聞き、君の彼は、舞妓に変身してみることをすすめた。京の舞妓といえばもっとも女らしい女で通っている。君は、心を動かした。舞妓になった姿を、愛する彼に見て貰いたかったのかも知れない。君は舞妓に変身した。お世辞でなく、君の舞妓姿は美しかったよ。家内を助けて貰いたくて、心にもないことをいってるわけじゃない。美しい舞妓だった。ただ、あの時一緒にいた友人の崎田が、熱烈な京都文化の愛好者で、ニセ舞妓を絶対に許せない男だったことが、お互いの不幸だった。彼の言葉がどんなに君を傷つけたか、今になれば、よくわかる。彼の言葉はただ単に、ニセ舞妓なんか止めろというようには、君には聞こえなかったんだ。君は女じゃないというように聞こえたんじゃないのか。君にとって、女であることを否定されることは、全人格を否定されたことだったと思う。私の友人の言葉が、君を絶望させ、君の恋人は、私たちを憎み、復讐を誓った。一年かけて、君たちは私と友人が、何処の誰かを調べあげ、今年の祇園祭から、復讐を開始した——」

4

眼の前の二人の人影が、急に、闇の中に消えていく。
同時に、パトカーのサイレンが聞こえてきた。

十津川は反射的に、古井戸に向って、突進した。

パトカーのサイレンが聞こえたら、井戸に水を注入すると、犯人が断言していたのを思い出したからだった。

十津川は古井戸の縁に、耳を押しつけた。

水音が聞こえたら、その時が妻の直子の最後と覚悟したが、いつまでたっても、水音は聞こえなかった。

代りに、サイレンの音は、大きくなり、一台、二台と、パトカーが、飛び込んできた。

そのライトが強烈に、古井戸を照らし、十津川の顔と亀井の顔を浮び上らせた。

パトカーから、京都府警の矢内原警部がおりて来て、

「その井戸ですか？」

と、十津川に、きいた。

「そうです。井戸の底に、家内がいます」

と、十津川は、いった。

大型の作業車に乗ったレスキュー隊が、境内に入って来た。

投光器の強烈な光が、井戸の底に向って、投げかけられた。

だが、その底に、直子がいるかどうかわからなかった。

二人のレスキュー隊員がロープで、井戸の底に降りて行くことになった。十津川は、その作業を見守っているより仕方がない。

レスキュー隊員の頭につけたライトが、ゆっくりと、小さくなっていき、止まった。

その一人が、トランシーバーで、連絡してくる。

「黒のゴミ袋を発見したが、中に人間が入っている模様」

「縛られた女性が、中に入っていた」

「女性は気を失っている。これから、引き揚げるので、救急車の手配を頼む」

気絶している直子の身体は、レスキュー隊員に抱えられるようにして、地上に引き揚げられた。

救急車が来て、直子を乗せて、出発した。

それに十津川も同乗した。

救急隊員の一人が、十津川に向って、

「睡眠薬を呑んでいるようですね」

と、いった。

直子は、嵐山のS病院に運ばれた。

亀井も心配して、府警のパトカーで、病院にやって来た。

「奥さん。大丈夫ですか？」

と、きく。

「犯人に、強い睡眠薬を呑まされたらしい。医者は一時間もすれば、眼をさますと、いってくれた」

「それで安心しました」

と、亀井は、いってから、

「あのあと、京都府警が調べたら、あの古井戸の傍に、大きな貯水槽が作られていて、そこから、弁を開ければ大量の水が一度に、流れ込むようになっていたそうです。その仕掛けは故障してなかったといっています。犯人が発信機のスイッチを入れれば、間違いなく、あの古井戸は水で満たされていたんです」

「そうだろうね」

「驚かれませんね」

「驚かないよ」

「犯人は自分の意志で、殺人を止めて、姿を消したと思われていたんですか？」

「そうだ」

と、十津川は肯《うなず》いた。

「説得する自信は、おありだったんですか？」

と、亀井が、きく。

「いや。正直にいって、自信はなかった。ただ、カメさんがいったように、ただの女装マニアなら、けなされたからといって、殺人にまで走るとは考えにくい。特に連れの男が、それに怒ってだよ。とすれば、あの時の崎田の言葉が、相手を絶望に落し入れてしまったのだと思った。もう一つある。犯人は六道の辻とか、福生寺の古井戸とか、生死の境ということを、やたらに示唆していた。それを私は、死んで生き返る、生き返りたいという願いだと解釈した。もし、犯人の連れが男なら、死んででも女になりたいという願いを持っているのではないか。そんな風に考えていったんだ。それに犯人は、祇園祭をジャックした。私は、最初、一億円の身代金を奪うためにやったことで、同時に、私を、おびき出すためにやったことだと考えていた。当っていなくもないんだが、考えてみれば、祇園祭というのは、八坂の神に祈り、感謝するものだ。京都に疫病がはやり、戦争が起こった時、町衆が平穏を祈禱したのが、祇園祭だと聞いている」

「ええ」

「犯人はそれをジャックした。いわば神に対する反抗だよ。本来、女として生れてくるべき人間が神さまのいたずらで、男として生れてしまって、そのことが彼女をずっと苦しめ続けてきた。彼女自身がどう考えたのかわからないが、彼女の恋人の犯人は、祇園祭をジャックすることで、神に対して抗議の意思を示そうとしたんじゃないのか。そんなことを考えて、私は相手に話しかけて、何とか説得しようとしたんだ」

「それは成功したんだと思いますよ。何もせずに、犯人たちは姿を消したんですから」

「かも知れないがね。多分、私の家内を助けてやれと、説得してくれたのは彼女の方だと思う。同じ女としての意識からだろう」

「これから、どうなりますか？　私はとても、犯人を許す気にはなれませんが」

と、亀井は、いった。

十津川は、考えてから、

「犯人は、また私に、戦いを挑んでくるよ」

と、いった。

「そうでしょうか？」

「犯人はこの決着に、納得していない筈だ。あくまで私を叩きのめそうとする。だから必ず、もう一度戦いを挑んでくる」

十津川は確信を持って、いった。

彼は犯人が、すぐにでも連絡してくるだろうと考えたが、翌日になっても十津川の携帯は鳴らなかった。

京都府警は犯人たちを追ったが、その足跡はつかめないままに、終ってしまったと、矢内原警部が十津川に、知らせて来た。

「他県に逃亡したのかも知れません」

と、矢内原はいったが、十津川は、

「いや、まだ京都にいます」

「しかし、もう祇園祭は終りましたよ」

「犯人もそのことは、わかっている筈です。しかし、彼等は、京都を離れていませんよ」

「どうして、そういえるんですか？」

「私がまだ、京都にいるからです」

と、十津川は、いった。

「私は、もう他県に逃げてしまったと思っていますがねえ」

と、矢内原は眉を寄せた。

八月二日の夜になって、十津川の携帯が鳴った。犯人からだった。

「おれが、わかるな？」

と、いきなり相手が、いった。

「ああ。待っていたんだ」

と、十津川は、いった。

「どうして？」

「君だって、あんな終り方では不満だろう。私だって、家内が助かったからといって、刑事として君たちを許すわけにはいかないんだ。そうなれば決着をつけざるを得ない筈だと考えていたからだよ」

と、十津川は、いった。

「その点は、意見があったわけだな」

「今度はどんなゲームをするつもりだ？」

「今度はゲームではなく、生死をかけた戦いをやりたい」

と、犯人は、いった。

「生死をかけるのか？」

「今夜、真夜中に鞍馬寺《くらまでら》を抜けて、貴船へ来い。一人でだ」

「それで、どうなる？」

「そこでおれは、あんたを殺す。あんたも、おれを殺せばいい。うまくいけば、一億五千万円を取り返して、英雄になれるぞ」

と、犯人は、いう。

「私は、君を殺さない。逮捕する」

「そんな甘いことを考えてると、おれに殺されるぞ。武器はナイフだ」

「いや私は、君を生きたまま逮捕したい。ところで、君の恋人の泉章夫《いずみあきお》は、そこにいるのか？」

と、十津川は、きいた。

その瞬間、電話の向うで息を呑む気配がした。

「彼女の名前は、泉章夫なんだろう？」

「どうして知ってるんだ？」

相手が、声をかすらせて、いった。

「昨日一日、ひまだったので、法務局に照会した。医者の証明をつけて、法的に女として認めて貰いたいという、男性からの申請が出ていないかとね。その結果、泉章夫という名前を知ったんだ」

と、十津川は、いった。

「彼女は関係ない」

と、犯人は、いう。

「何のことだ？」

「崎田という男を殺したのもおれだし、祇園祭をジャックしたり、あんたの嫁さんを古井戸に放り込んだのもおれだ。彼女はそれを手伝っただけだ」

「多分そうだろうな」

「助けるようにいったのも、彼女だ」

「ああ、了解するよ。だが、あくまでも、君の共犯だ。逮捕しないわけにはいかない」

「じゃあ、鞍馬であんたを殺すより仕方がないようだな。それとも、怖くなって逃げ出すか？」

「必ず、行く」

「じゃあ、魔境《まきょう》で待ってるぞ」

と、犯人は、いった。

5

鞍馬は、昔から魔物のすむところといわれている。

牛若丸は鞍馬の山奥で、天狗に武術を教えられたといわれるし、鞍馬から貴船へ抜けると、そこは今でも、丑《うし》の刻参りが行われていて、老木にワラ人形を打ちつける人が、あとを絶たないといわれている。

「私も一緒に行きますよ」

と、亀井がいった。

「カメさんには車で、鞍馬寺の入口まで送って貰う。夜中になれば、叡山電鉄ももうないだろうからね。その先は、私一人で行く」

「危険ですよ、相手は、警部を殺すといってるんです」

「それで尻込みしたら、警視庁捜査一課の名がすたるじゃないか」

十津川はちょっと、おどけて見せた。

鞍馬から貴船へと山の中を抜ける道は、京都のハイキングコースにもなっているが、真夜中になれば様子は違ってくる。

十津川はレンタカーで、鞍馬寺の仁王門の前まで送って貰い、そのあとは、一人で歩いて登ることにした。

ここから鞍馬寺の金堂までは、曲りくねった急な坂道が続く。

ケーブルカーがあるが、もちろんこの時間は動いてはいない。

暗い。

昼なお暗いというが、夜の闇が押し包んで、梢を吹き抜けていく風の音だけが、聞こえてくる。

足下は、木の根道といわれるだけに、地面に曲りくねった木の根が張り出していて、注意しないと足を取られる。

十津川は懐中電灯をつけた。

張り出した木の根が、浮び上って見える。その上、道は曲りくねっていて、歩きにくい。疲れる。

『枕草子』の中で、清少納言が「近うて遠きもの、鞍馬の九十九折《つづらお》りといふ道」と書いたが、確かに遠い距離感だった。

ふっと、前方の杉木立ちの間から、白装束の人間が突然現われて、ぎょっとさせた。

(犯人か?)

と、凝視したがそれは修験者《しゅげんじゃ》で、十津川の横を、風のように、すり抜けて行った。

やがて山の中の奥の院魔王殿に、たどり着いた。

不思議な場所だった。

いい伝えによれば、今から六百五十万年前、人類救済のために、はるばる金星から降り立った宇宙の王、護法魔王尊が祭られているのだ。

五月の満月の夜、数百の灯籠《とうろう》が灯され、人々は魔王の光を浴びて、人類の平和を願うという。

そこから金星の魔王の、発想が生れるのだろう。

じっと眼を凝らすと、魔王殿の傍に、新しく造られたとわかる朱塗りの灯籠が立っていた。

場違いな感じが、不気味だった。

眼を近づけると、灯籠に文字が浮んでいた。

〈十津川よ、
貴船へ行け
そこで、お前は死ぬ〉

と、墨で書かれていた。

そこで、待っているということなのだろう。

ここから先、山道は下りになっている。歩きながら、ふと、十津川は子供の時、度胸試しに、近所の八幡さまに行ったことを思い出した。

真夜中、暗い杉並木の道を奥に向って歩いて行くと、ふくろうの鳴き声が聞こえて、やたらに怖かった。

今、ふくろうの声は聞こえない。だが、緊張感は、ひしひしと感じる。

貴船の里に出た。

貴船川の川音が聞こえる。近くには料理旅館が並んでいるが、今はひっそりと静まり返っている。

ここもまた、魔界なのだ。

朱塗りの灯籠が並ぶ石段は、貴船神社の参道である。

更に奥へ進むと、貴船神社の奥山になる。

このあたりは、丑の刻参りの霊地なのだ。

ふと、コーン、コーンという槌音《つちおと》が、聞こえた。十津川の背筋に、冷たいものが走る。

懐中電灯を向けて、音のした方へ進む。

白いものが、木立ちに消えた。

老木の幹にワラ人形が、打ちつけてあった。それに十津川の名前が書かれ、胸のあたりに、五寸釘が突っ立っていた。

「出て来なさい！」

と、十津川は闇に向って、叫んだ。

「君を逮捕する！」

「お前はそのワラ人形のように、苦しんで死ぬんだ！」

木立ちの向うから、犯人がいい返した。

「子供だましは止めて、出て来るんだ」

「ここは魔境なんだ。あの世との境でもある。ここでお前は、あの世へ行くんだ。おれが見送ってやる」

その声と共に、突然何かが、闇を引き裂いて、投げつけられた。

たいまつだった。

それは、次々に、投げつけられた。

たちまち十津川の周囲《まわり》は、炎と煙に包まれた。

闇が一瞬にして、真っ赤な火柱に、白煙に、変った。

十津川はむせた。

炎と煙の輪から、飛び出した時、白装束の人間が、飛び出てきた。

数本のろうそくを頭に立てている。それが、まるで、夜叉《やしゃ》のように、魔王のように、ナイフを振りかざして飛びかかってきた。

左腕に、激痛が走った。

十津川は、反射的に、右手に持った懐中電灯で、相手を殴りつけていた。

相手が、転がる。その瞬間、頭のろうそくの火が、白装束に移って、燃えあがった。

十津川は、その炎から、地面に転がるようにして、身を避けた。

男は、起き上った。

火は身体全体を押し包み、まるで、火柱だった。

「――――」

十津川は、何とかその火を消そうとしたが、身体が全く、動かない。声も出ない。左腕の激痛だけが、強さを増して、意識がうすれていった。

6

十津川が、意識を取り戻した。

亀井が、のぞき込む。

「ここは、何処だ」

と、十津川は、きいた。

「嵐山のＳ病院です」

「犯人は？」

「死にました。最初から、死ぬ覚悟だったんだと思います。白装束には灯油が浸み込ませてあったみたいですから」

と、亀井が、いった。

「犯人は私の名前を書いたワラ人形を、杉の木に、打ちつけていた」

と、十津川は、いった。

「まだ、そんな風習が、信じられているんですかね」

「ああ、この古都ではね。人を呪い殺す人間は、人に見られると、自分も死なねばならないそうだ」

「あの犯人も、警部に見られたので、死ぬことになったわけですか」

「いや、カメさんがいったじゃないか、最初から死ぬ気でいたと。犯人は私を刺してから、私に抱きついて、一緒に焼身自殺するつもりだったんじゃないかな」

と、十津川は、いった。

京都府警の矢内原警部から、電話が入った。亀井が応対した。

「現場から、貴船川沿いに下った梅宮橋近くに、犯人のものと思われる軽自動車が見つかりました。犯人はそこで車をおり、現場に向ったものと思われます」

と、矢内原はいった。

「共犯者は見つかりましたか？」

亀井がきいた。

「いや、見つかっていません」

「車の中に、一億五千万円はありましたか？」

「残念ながら、見当りません。多分、共犯者の手もとにあると思われます」

と、矢内原はいった。

その電話のあとで十津川は急に、ベッドの上に起き上った。

左腕が痛む。

「無理はしないで下さい」

あわてて、亀井が声をかけた。

「犯人は彼女を逃がすために、私に対して、あんな行動に出たんだよ。早く手配しないと、彼女は高飛びしてしまう」

と、十津川はいった。

「一億五千万円を持ってですか？」

「そうだ」

「泉章夫の名前で、各空港、港に手配しましょう」

「それだけじゃ、不充分だ。何しろ、一億五千万もの大金を持っているんだ。偽造パスポートだって、手に入れているだろう」

と、十津川はいった。

京都府警、それに、大阪府警の刑事が動員されて、関西空港、大阪伊丹空港、それに、大阪、神戸の港の監視に当った。

しかし、泉章夫の名前で七月三十一日、八月一日、八月二日の三日間に、出国した人間は、見当らなかった。

となると、偽造パスポートでの出国というケースが考えられるのだが、この捜査の方は、いっこうに進まなかった。

急遽《きゅうきょ》、泉章夫の顔写真が取り寄せられ、大量にコピーして、刑事全員に持たされたが、その写真も、たいして力にはならなかった。

泉章夫の消息が、消えてしまったのだ。

「国外へ脱出してないのかも知れないな」

と、十津川は、亀井にいった。

すでに、八月五日を迎えていた。

「まだ、国内にいるということですか？」

「空港や港から国外へ出た形跡が、なかなか見つからないからね。国内なら行動は自由だし、パスポートも必要ない。一時的に、姿を消すのなら、国内でも充分だろう」

「泉章夫の写真を、マスコミで大々的にのせて貰ったらどうですか」

と、亀井が、いった。

京都府警も、この提案に賛成した。

八月六日の朝刊に泉章夫の顔写真が、大きくのった。

彼の生い立ちから、現在までの経歴も出た。

この日、数多くの情報が、マスコミ各社と、警察に寄せられた。

十津川たちと京都府警は、その一つ一つを、調査していくことに忙殺されたが、泉章夫に辿りつくことは、出来なかった。

更に二日たって、八月八日になった。

十津川と亀井は、まだ京都にいた。

ホテルの窓から見える空は、夏の盛りで、朝からうだるような暑さになった。

「今日は何の日だか、わかるか？」

と、十津川は、亀井にきいた。

「八月八日でしょう」

「昨日から、十日まで、六道参りなんだ」

と、十津川は、いった。

「ああ。例の六道の辻ですね。あの世と、この世の境の」

「そうだよ。七日から十日にかけての四日間、善男善女が、亡くなった家族の霊を、この世に迎えて供養するんだ」

「死んだ犯人が、警部を六道の辻に呼び出したんでしたね」

「今になってみると、あの男の気持がわかるんだよ。京都は今でも、千年の歴史が、色濃く残っている町だ。人々が本気で、霊の存在を信じている。輪廻《りんね》転生を信じているということだよ。人間は生れ変り、死に変る。犯人の彼女は、不幸にして男として生れ、男として扱われてきたが、死ねば今度は女として、生れ変ってくる。犯人はそんな気持で、六道の辻を選んだんじゃないかとね」

「七日から十日まで、死者の霊を呼び戻して供養するとすると、先日亡くなった犯人の霊は、誰が呼び戻すんでしょうか？」

と、亀井が、いった。

「六道へ行ってみよう」

と、十津川は、ふいにいった。

7

すでに陽は、落ちていた。

二人は六道珍皇寺に向った。

参道は、善男善女で一杯だった。

鐘の前には、長蛇の列が出来ている。思い切り強く、綱を引っ張って、鐘を鳴らし、その音を霊界にいる先祖の霊に聞かせて、呼び寄せるのだ。

人々は、呼び寄せたい人の名前を経木《きようぎ》に書き、それを鐘つき堂に置いてから、思い切り鐘を鳴らす。

十津川は眼を凝らしてから、思わず、

「あるぞ！」

と、亀井に、いった。

犯人の名前を書いた経木が見つかったのだ。戒名ではなく、現世の名前になっているのは、まだ葬式があげられていないからだろう。

「彼女がここに来たんだ」

と、十津川は、いった。

「ずっと、京都にいたんでしょうか？」

「それはわからないが、昨日か、今日、六道へ行けば、死者の霊を呼び戻せると信じて、ここで鐘を鳴らしたんだと思うね」

「すぐ、手配しましょう」

亀井は、もう、携帯を取り出していた。

京都府警が、市内に、捜査態勢を敷《し》いた。

市内のホテル、旅館を片っ端から、調べていった。

見つからなかった。

いや、見つかった。

深夜になって、あの鞍馬山の奥の杉木立ちの中で、服毒死していたのが見つかったのである。

発見したのは修験者で、

「美しい女性だと思いました」

と、警察で証言した。
その言葉通り、彼女は美しい着物姿で死んでいた。
袂《たもと》には遺書が、入っていた。

〈ひとりでは、生きていけません。
それがわかりましたので、彼のもとへ行きます。
お金は、M銀行におあずけしてあります。

あき子〉

筆で書いた美しい女文字だった。
その遺書にあった通り、金はM銀行に預けられていた。
犯人の家族も泉章夫の家族も、現われなかった。
二人の葬儀は因縁の出来た六道の寺で行われた。
寂しい葬儀だったが、それでいいような気が十津川はした。
必死になって、女になろうとした男と、その相手を愛した男の葬儀である。

この作品はフィクションであり、実在の個人・団体・事件などとは、いっさい関係ありません。（編集部）

二〇〇五年九月　文春文庫刊

光文社文庫

長編推理小説
祭《まつり》ジャック・京《きょう》都《と》祇《ぎ》園《おん》祭《まつり》
著　者　西《にし》村《むら》京《きょう》太《た》郎《ろう》

2017年7月20日　初版1刷発行

発行者　鈴　木　広　和
印　刷　慶　昌　堂　印　刷
製　本　ナショナル製本

発行所　株式会社　光　文　社
〒112-8011　東京都文京区音羽1-16-6
電話 (03)5395-8149　編　集　部
8116　書籍販売部
8125　業　務　部

落丁本・乱丁本は業務部にご連絡くだされば、お取替えいたします。
ISBN978-4-334-77499-8　Printed in Japan

組版　萩原印刷